DANCING★HIGH

図書館版

ダンシング★ハイ

工藤 純子
カスカベ アキラ◉絵

つながれ！ 運命のラストダンス

ポプラ社

ダンシング★ハイ

つながれ！　運命のラストダンス

佐久間《さくま》先生
イッポのクラスの担任《たんにん》。
クールな美人。
野間一歩《のまかずほ》／イッポ
小学5年生。
ドジで引《ひ》っ込《こ》み思案《じあん》だけど、
歌だけはちょっと得意。
白鳥沙理奈《しらとりさりな》／サリナ
おしゃれでかわいい、
クラスの女子の中心的存在《そんざい》。
家はバレエ教室。

人《じん》物《ぶつ》紹《しょう》介《かい》

東海林風馬《とうかいりんふうま》／ロボ

家は写真館で、カメラが好き。
運動は苦手だが、太極拳《たいきょくけん》をしている。

一条美喜《いちじょうよしき》／ミッキー

ダンスが得意な元芸能人《げいのうじん》。
かっこいいけど、
無愛想《ぶあいそう》な一ぴき狼《おおかみ》。

杉浦海未《すぎうらうみ》／ネコ

動物好き。
特にねこが好きで、
自分で洋服をねこ風に
アレンジしている。

もくじ

審査

1 ダンス大会出場⁉

「はーっくしょん！」

大きなくしゃみがでて、ぶるっと体がふるえる。足もとから寒さがはいあがってくるようで、あたしは両手をこすりあわせた。

「冬の体育館って、どうしてこんなに寒いんだろう……」

一月も半《なか》ばをすぎて、本格的《ほんかくてき》な寒さが身にしみる。

「動けばあったかくなるよ！　ほら、ワン、ツー、スリー、フォー、ファイブ、シックス、セブン、エイッ！」

寒さもふきとばすようなサリナの声が、体育館に響《ひび》く。白鳥沙理奈《しらとりさりな》にとって、ダンスをするのに暑いとか寒いとかは関係ないみたい。きょうだって、サリナは「天気もいいし、公園で練習しようか！」なんていってたくらいだ。

「だったら、オレがあったかくなる方法を教えてやるよ」

そんなことをいいながら、勝手にはげしい曲に変えて、ノリノリにおどっているのはミッキー。元子役タレントで芸能界《げいのうかい》にいたせいか、音楽にもやたらとうるさい。本名は一条美喜《いちじょうよしき》っていうんだけど、芸名の名残《なごり》でいまでもミッキーって呼《よ》ばれている。

「たまには、ぼくにも曲を選ばせてよ」

いじけ気味に、ロボが抗議《こうぎ》する。運動神経《しんけい》イマイチ……だったけど、ロボットダンスができるようになるという目標に向かって、めきめき上達している。商店街にある東海林《とうかいりん》写真館の子どもで、東海林風馬《ふうま》っていう。

「ねこは、寒いのが苦手だにゃ〜」

パーカーの帽子《ぼうし》についた耳をゆらしながら、床《ゆか》にごろんと転がっているのは、ネコっていう女の子。スカートのうしろにしっぽをぬいつけるくらいねこ好きで変わってるんだけど、あたしたちはもう慣《な》れた。杉浦海未《すぎうらうみ》は、寒さに弱いところもねこ並《なみ》で、さっきからずっとひざを抱《かか》えて丸くなっている。

「イッポとネコ、そんなに寒いんだったら、校庭十周してからきたら？　ついでに腹《ふっ》筋《きん》と背筋《はいきん》を五十回ずつ、それと……」

天使のような笑顔でサリナにほほえみかけられて、ネコはとびおき、あたしはピシッと背筋《せすじ》をのばした。

かわいいくせに、いうことは悪魔《あくま》なんだから……。

それにしても。

去年のいまごろは、あたしがダンスをするなんて、少しも想像《そうぞう》していなかった。お父さんの仕事の都合で急に転校すると知って、おろおろして、悲しくて、不安でしかたなかった。

それなのに……。

サリナから、友だちになることを条件《じょうけん》に、ダンスにさそわれた。

そして、体育館で、ぐうぜん見てしまったミッキーのダンス。

あのときから、あたしの運命が変わった。

ロボやネコもさそってチームとなり、最後にはミッキーも仲間になって……。

「ファーストステップ」というチーム名は、「はじめの一歩」からきている。

それに、あたしの名前は野間一歩《のまかずほ》で、みんなからイッポって呼《よ》ばれている。

これはきっと、ぐうぜんじゃない！　運命なのだと信じられた。

もちろんはじめは、ダンスなんて絶対《ぜったい》にできないと思っていた。やったこともないし、運動神経《しんけい》がいいわけでもないから。

でも、仲間がいたからがんばれた。ケンカをすることもあるけれど、助けあったり、わらいあったり。

音楽にあわせて体を動かしているうちに、どんどん自由になれる気がした。カチンと固まっていた心も解放《かいほう》されて、自分をだせるようになっていった。

ダンスは、魔法《まほう》みたいにあたしを変えたんだ。

歌うのが好きなのに、人前では歌えなかったあたし。それが、ダンスをすることで、気持ちまで動きはじめて……歌えるようになっていった。

それまで小さな水たまりくらいだったあたしの世界が、ダンスをすることで、キラキラと輝《かがや》く海のように広がった気分。

ダンスに出会えて、人生が変わったといってもいいくらいだ。

でも……寒いものは、寒い！

「はい、集まって～」

パンパンッと手をたたきながら、ジャージ姿《すがた》の佐久間《さくま》先生が体育館にやってきた。

音楽を止めて、整列する。

佐久間先生は五年一組の担任《たんにん》だけど、あたしたちのコーチでもある。プロのダンサーをめざしていたほどの腕前《うでまえ》で、月曜の放課後はダンスを教えてくれていた。

「きょうは、みんなにお知らせがあるの」

改《あらた》まったいい方に、みんなが目をぱちくりさせる。

「来年度から、正式にダンスクラブができることになりました」

……え？

「先生、それって……」

サリナがいいかけて、佐久間先生がうなずく。

「去年、サリナは職員室《しょくいんしつ》までおしかけてきたよね？　ダンスチームを作りたいって」

サリナが、かたい顔でうなずく。そのとき、あたしもいっしょだった。サリナはすごい勢《いきお》いで、「ダンスチームのコーチをしてほしい」と佐久間《さくま》先生にせまった。そして、佐久間先生はいった。「五人集まったら」って。だからサリナはがんばって、あたしたち五人を集めたんだ。

「でも、クラブにしたいなんていってません！」

すがりつくようにいう、サリナの気持ちがあたしにもわかった。

いままで、あたしたちは五人でうまくやってきた。これからも、それはつづくと思っていた。それなのに、クラブになったら……。

「だって、それって……ファーストステップは、解散《かいさん》ってこと⁉」

サリナの泣きそうな顔を、佐久間先生はまっすぐに見かえした。

「ねぇ、サリナはどうしてダンスチームを作りたかったの？」

ふいをつかれて、「えっ」と戸惑《とまど》い顔になる。

「……みんなにも、ダンスの楽しさを知ってほしくて」

「そうでしょう？　その思いがかなうんだよ。もっとうれしそうな顔をして」

先生が、あたしたちを見回す。

「ファーストステップのダンスを見て、ダンスをやりたいっていう希望者がふえたの。あなたたちが、ダンスの楽しさを伝えて、みんなの心を動かしたんだよ」

みんなの心を……。

体育館や公園で練習しているとき、遠巻《とおま》きに見ている子たちがいる。

あたしたちのダンスにあわせて、体をゆらしている子もいた。

地元の商店街のフェスティバルで、クラスのみんなとおどったこともある。

最初はやる気のなかったみんなが、少しずつダンスを好きになって、夢中《むちゅう》になって……。

そういえば、ダンスに興味《きょうみ》を持ったり、ステップのことをきいてきたりする子がふえているかも。

あたしたちのダンスが、みんなの心を動かしたなんて。

それは、すごく誇《ほこ》らしくて、すてきなことだとわかっている。

わかっているけど……。

どうしてだろう。とてもさびしい気がする。

「ほら、そんな顔しないで。それで、わたしも考えたの。まだ、あと三か月ある。みんなで何か、思い出にのこることができないかなって」

「思い出にのこること？」

わたしたちは、首をかしげた。

「でてみない？　ダンス大会に」

ダンス……大会？

「え―――――！」

寒さがふきとぶほどおどろいているのはあたしだけで、みんな、ふーんという顔。

「どんな大会ですか？」

さっきまで沈《しず》んでいたサリナの目が、きらりと光る。

「大きな大会じゃないけど、ホットダンスコンテストっていう……」

「知ってる。小学生が対象で、全国規模《きぼ》ではないけど、名の知れたチームもでる有名な大会だよな」

ミッキーも、いつになく乗り気だ。

「ホットダンスコンテストには、予選大会と本大会があるの。予選大会で選ばれた十チームが、本大会にでられる。本大会の審査員《しんさいん》は、プロのダンサーやふりつけ師《し》もいるから、きびしいけれどやりがいがあると思うんだ」

佐久間《さくま》先生のいい方に、熱が帯《お》びてくる。

予選大会、本大会、審査……。どれも、本格的《ほんかくてき》な響《ひび》きをふくんでいる。

「サリナに大会の映像《えいぞう》をわたしておくから、時間があるときにみんなで見て」

どうしよう……。

練習を重ねてきて、たしかにうまくなったとは思うけど、大会にでるなんて自信がない。ここは慎重《しんちょう》に、みんなでじっくりと話しあったほうがいいよね……。

そう考えていたとき、「はーい、はいはい!」と、ネコが手をあげた。

「うち、衣装係《いしょうがかり》やる! 大会の衣装なんて、腕《うで》がなるにゃ〜!」

裁縫《さいほう》が得意で、ファッションに興味《きょうみ》のあるネコが、素早《すばや》くいう。

「じゃあぼくは、撮影《さつえい》を担当《たんとう》しようかな。おどりを動画で撮《と》って練習するのって、効《こう》

果的《かてき》だし」

カメラ好きのロボは、動画でも静止画でも、とにかく撮影《さつえい》に強い。

「じゃあ、わたしはふりつけを考える。ミッキーもだよね？　イッポはどうする？」

あっけにとられているあたしに、サリナがいう。

「は……？」

ちょ、ちょっと待ってよ。コンテストにでることは、決定なわけ!?

「もしかして……、イッポはコンテストにでたくない？」

佐久間《さくま》先生の、悲しそうな目が向けられる。

みんなの視線《しせん》も集まって、ごくんっとつばをのんだ。

「だ、だって、大会って、うまい人たちばかりなんでしょう？」

本音をもらすと、胸《むね》の奥《おく》がずしっと重くなった。

「あたし……自信ないな」

そういうと、みんながだまりこんだ。

校庭で遊んでいる子たちの笑い声がきこえてくる。

こういう空気、苦手……。

「イッポ」

ミッキーが、あたしを見る。

「オレをチームにさそったとき、いったよな？　ダンスが好きだから、もっとおどれるようになりたい。教えてってって」

「えっと……。うん、そんなこと、いったような気が、する」

あのとき、あたしは必死だった。ミッキーのダンスがもう一度見たくて。チームに入ってほしくて。

「それからいままで練習してきて、それでもイッポは変わってないのか？」

え……。

変わってない？

ううん、変わった。すごく変わった。

歌も歌えるようになったし、ステップもたくさんおぼえたし、人前でおどれるようにもなった。

去年の四月のあたしが見たら、びっくりするはず。

「これが、五人ででられる最後の大会なら、オレはでたいと思う」

いつもクールなミッキーが、熱っぽくいう。

「わたしも」

サリナもうなずいた。

「ファーストステップが、このまま解散《かいさん》だなんてイヤ」

「うちだって！　最初は、おもしろいならいいかなってはじめたけど、いまは、すっごく楽しいもん」

ネコが、目をきゅっと細めた。

「ぼくだって、バカにしたやつらを見かえしたいなんて動機ではじめたけどさ……。ダンスのおかげで、そんな思いはどっかにふきとんじゃったんだから」

ロボが、得意顔で胸《むね》をはる。

そっか……。

そうだった。

あたしは、とても大切なことを忘《わす》れていた。

まず、自分たちが楽しむこと。

それがダンスなんだと、みんなとおどって知ったはずなのに。

「……ごめん。みんな、そうだよね。審査員《しんさいん》の評価《ひょうか》なんて関係ない。あたしたちが楽しくおどることが大切だもんね」

そういうと、みんなニコニコしてうなずいた。

「じゃあ、あたしは、音楽担当《たんとう》で!」

元気に手をあげた。それくらいしか、のこってないし。

「あ、オレも音楽にしようかな」

え……?

ミッキーといっしょ?

「ミッキー、ふりつけじゃないのぉ?」

サリナが、不満そうにいう。

もしかしてミッキー、あたしといっしょにやりたいとか……。

「もちろん、ふりつけもするけどさ。イッポひとりに音楽をまかせるなんて、心配だろ？」

「まぁね。歌はうまいけど、センスがいいとはいえないし」

ミッキーどころか、サリナまでぐさぐさという。

はいはい、そうですか。どうせ、そんなことだろうと思いましたよ。

あたしはいじけながら、「ん、でも、待てよ」と思いなおした。

これは、一気にミッキーに近づくチャンスかもしれない。

はっきりいって、わがままで、オレさまキャラで、ムカつくところも多いけれど、あたしはミッキーのダンスにひと目ぼれしてしまった。ううん、ダンスだけじゃない。

意外とやさしいところ、とかも……。

よーし、がぜんやる気がでてきた！

「みんな、がんばろうね！」

ころっと態度《たいど》を変えると、みんなが怪訝《けげん》な顔をした。

2

ふたりだけの時間

あたしたちは待ちきれずに、練習をはやめにおえて、サリナの家に集まった。

ふかふかのソファがあるリビングのテーブルに、サリナが書類とDVD《ディーブイディー》を置く。

「これが、佐久間《さくま》先生からもらった大会の概要《がいよう》で、こっちが本大会の映像《えいぞう》だよ。どっちから先にする？」

サリナにいわれて、あたしはおずおずと手をあげた。

「まずは、大会のことが知りたいな。どんな審査《しんさ》がされるの？」

「さすがイッポ！　それ、大事だよね！」

サリナの声は明るくて、はりきっている。

「今回の大会のテーマは、『つながり』だって」

「つながり？　テーマなんてあるの？」

いままで、テーマを意識《いしき》したダンスなんてしたことがない。

「ダンスは表現《ひょうげん》だからな。つながりを感じられるような、音楽やふりつけを考えろってことだろ」

ミッキーがこともなげにいうけれど、それってけっこうむずかしそう。

「審査員《しんさいん》は、全部で十名。ダンサーやふりつけ師《し》や、大会関係者。審査基準《きじゅん》は、ダンス自体の技術点《ぎじゅつてん》のほかに、衣装《いしょう》や表情《ひょうじょう》のビジュアル点、ふりつけや演出《えんしゅつ》を見るエンターテインメント点、音楽の選曲や編集《へんしゅう》を見る音楽点。あとは、全体的な総合評価《そうごうひょうか》で点数がつけられるんだって」

サリナが読みあげてくれるけれど、きいているだけで、頭がくらくらしてきた。

そんなに細かいところまで見られるの!?

「……それで、本大会には、何チーム選ばれるんだっけ？」

あたしは、おそるおそるきいた。

「えっと、A《エー》、B《ビー》、C《シー》、それぞれのブロックから、十チームずつ。毎年、ひとつのブロックに三十チームあまりがでるらしいよ」

三十チーム……。そのうち、十チームが本大会にでる。

「それくらいなら、楽勝だな」

ミッキーがいう。

「だよねぇ。ぼくたち、けっこう練習してるし」

ロボも軽くいった。

「うちらのダンスを見て、みんなびっくりするかもにゃん！」

そんなのんきな言葉をきいていると、ちょっと安心するけれど……。

「じゃあ、本大会の映像《えいぞう》を見てみようか」

サリナがセットすると、テレビの画面に舞台《ぶたい》が現《あらわ》れた。

おそろいの衣装《いしょう》を着た子たちがならんでいる。音楽がはじまると、スタンバイした子たちの顔つきが、スッと変わった。

スポットライトがあたる。ぴたりとそろった動きに、目をうばわれた。ステップもダンスもレベルが高い。足をひっぱっている子なんてひとりもいなくて、全員が同じくらいうまくて……。

「すご……」

あたしは、まばたきするのも忘《わす》れて固まってしまった。

「これが、小学生？」

ロボも、唖然《あぜん》としている。

「衣装《いしょう》もすごいにゃん」

ネコが、大きな目を見開いていた。

「まぁ、これは本大会のほうだから、予選大会よりレベルが高いし……」

ミッキーがいうけれど、ちっともフォローになってない！

「だ、だって、この子たちも予選大会にでたんだよね？　これくらいおどれないと、勝ちぬけないっていうことでしょう？」

あたしは、一気にいった。

「まぁ、そうだけど」

ミッキーは、ムカッとするほど落ちついている。

あたしは、何度も深呼吸《しんこきゅう》した。

そうだ、自分たちが楽しめばいいんだから……。

そう思うけど、不安になって、サリナにきいた。

「もし、予選で落ちたら……」

「まさか！　わたしたちが負けるわけないじゃない」

うわ……すごい自信。

「予選大会は、二月二十五日の日曜日、本大会は、三月二十五日の日曜日。みんな、あけておいてね」

そういうと、サリナは映像《えいぞう》を止めた。

大会の申《もう》し込《こ》みは、佐久間《さくま》先生がやってくれるらしい。あたしたちは音楽、ふりつけ、衣装《いしょう》なんかを考える。

「とりあえず、音楽を先に決めないとね」

サリナのつぶやきに、あたしはとなりにすわっているミッキーを見た。

「ミッキー、音楽だって。どうする!?」

なんだか気持ちがあせる。

「そうだなぁ」

のんびりした調子で、ミッキーが髪《かみ》をかきあげた。

「時間もないし、曲もききたいから……あしたの放課後、うちにくるか？」

ん？　今、なんていった？

思わずサリナたちを見たけれど、みんなちがう話をしていてきいてない。

うそ。

空耳じゃないよね？

「あ、あの、でも……」

とつぜんのことに、あたしはうろたえた。

「ああ、悪い。急にいわれても予定あるよな。だったら練習のときに……」

「ううん！　あした、ヒマ！　すっごくヒマだった！　だいじょうぶ！」

気が変わったらまずいと思ったあたしは、あわてていった。ミッキーは、眉《まゆ》をひそめて身をひくと、「じゃあ、あしたで……」といった。

あたしはこぶしをにぎりしめると、背中《せなか》を向けて「よしっ」とガッツポーズ。

くーっと、喜びをかみしめる。

考えてみれば、練習でしょっちゅう顔をあわせているのに、あたしはいつも仲間のひとり。ダンスはうまくなっても、ミッキーとの仲はまったく進展《しんてん》しなかった。

話題はいつもダンスのことばかりだし、手をつないだのだってダンスのときだけ。

ほめられるのもけなされるのも、いつもダンスのことで……。

もう、この先ずっと、一生このままじゃないかとあきらめかけていた。

そんなあたしが、やっと……、や――っと、家にさそわれたなんて！

これは、大きな一歩……ううん、百歩くらいの前進だ！

顔をあげると、ネコと目があった。

「イッポ……なんか、にやにやして、気持ち悪いにゃ」

気味悪そうな顔をするネコに、「おやつが豪華《ごうか》だからだろ」と、ロボがいった。

テーブルを見ると、高級洋菓子《ようがし》店のゼリーがあった。

「もものゼリーって、ピンク色で幸せ気分になるよね～」

にこにこして食べるあたしを、ネコとロボが、眉《まゆ》をひそめて見ている。

世界中の人に、この幸せをわけてあげたい気分！


つぎの日、学校がおわると走って家に帰った。

ミッキーの家にいく前に、やらなくちゃいけないことがある。

「ちょっと、一歩《かずほ》、何やってんの？」

お母さんが、鼻をひくひくさせながらキッチンに入ってきた。

「え？　何って……クッキー焼いてるんだけど」

だれかの家にいくなら、手土産《てみやげ》くらい持っていかなくちゃ。どうせ持っていくなら、手作りクッキーがいいかなって思ったんだけど……。

「日ごろ、そんなことしないくせに！」

そういって、オーブンをあける。

「ほら、こげちゃってるじゃない！」

「え？　そう？　これくらいこげ目があったほうが、香《こう》ばしいと思うけど」

そういって、食べてみる。

う〜ん……苦い。

「もしかしてあんた、カレシにあげるとか？　やるじゃなーい！」

そういって、ひじであたしをつついてくる。

「あのねぇ、そういうんじゃないから！」

「照れなくていいのよぉ。お母さんが、恋《こい》の駆《か》け引きを教えてあげるから！　お母さん、これでも昔はもてたのよ！」

「……そうなの？」

眉《まゆ》をひそめて、お母さんを見る。とてもそんなふうには見えない。

「お父さんを見てみなさい！　お母さんに夢中《むちゅう》だったんだから」

そうなんだ……。

「手作りクッキーなんて、ダメダメ！　オトコはね、追いかけると逃《に》げていくものなの。気がないふりをするくらいが、ちょうどいいんだからっ」

お母さんは、さっさとクッキーを片《かた》づけて、あたしにおせんべいの袋《ふくろ》をおしつけた。

「これでじゅうぶん。い－い？　相手が追いかけてくるように仕向けるの。そっけない態度《たいど》で、ふりまわすくらいのつもりで！」

「洋服は……」

「いいのいいの、普段着《ふだんぎ》で。着がえたりしたら、弱みを見せるようなものよ。強気でいかなくちゃ！」

「う、うん……わかった」

勢《いきお》いにおされて、あたしはおせんべいの袋《ふくろ》を手に家をでた。

門をでて、ぐるりと裏《うら》に回りこむと、そこはもうミッキーの家。

近すぎる……。

ミッキーの家はうちのすぐ裏にあって、家にいくまでのドキドキもときめきも、あっという間におわってしまった。

でも、インターホンをおす手は、ちょっとふるえる。

「ああ、入って」

ミッキーのくぐもった声が、スピーカーからきこえた。

うわ、さすがにドキドキしてきた。

男の子の部屋って、どんな感じだろう……。そういえばお父さんもお母さんも、お仕事でいないんだっけ。

やっぱり、よそいきのワンピースを着てくればよかったかも。それに、おせんべいはダサすぎる！

オロオロしていると、ガチャッとドアがあいた。

「こ、こんにち……わっ」

びちゃっと、顔に水がかかった。

唖然《あぜん》としていると、「隊長！　敵《てき》に命中しました！」と、男の子が水鉄砲《みずでっぽう》を持って逃《に》げていく。つづいて、いまの子とそっくりな男の子がとびだしてきて、あたしが持っていたおせんべいの袋《ふくろ》をさっとうばった。

「食糧確保《しょくりょうかくほ》！　……ちっ、せんべいかよ。しけてんな」

悪態《あくたい》をついて、家の中にもどっていった。

あれは……ミッキーの双子《ふたご》の弟だ。

「ちょっと、じゃまなんだけど。ぼく、これから塾《じゅく》なんだ」

つづいて、一番下の弟が登場した。たしか、まだ小学一年生のはず。

「もう塾にいってるの？　えらいね……」

あたしは、顔をひきつらせながら、ハハッと愛想《あいそ》笑いをした。

「兄ちゃんたちが、遊んでばっかりいるから、ぼくは東大にいって出世するって決めたんだ」

「へ、へぇ……」

「とくに一番上の兄ちゃんは、バカな連中とダンスばかりしているからな」

そういって、じろっとあたしをにらむ。

バカな連中って、あたしたちのこと？

弟は、「兄ちゃん、二階にいるから」といって家をでていった。

弟たちの生意気さは、確実《かくじつ》にミッキーの血をひいている。

そういえば、ミッキーは五人兄弟。妹はまだ保育園《ほいくえん》のはずだけど、弟たちのことを忘《わす》れていた。

「お、おじゃまします」

あたしはハンカチで顔をふくと、靴《くつ》をぬいだ。ドキドキも、ときめきも、さーっと冷めていた。

現実《げんじつ》は、こんなもんだよね……。

手土産《てみやげ》もとられてしまったし、しかたなく、勝手に二階にあがっていく。奥《おく》の部屋のドアがあいていた。

そっとのぞくと、ミッキーがCD《シーディー》をながめながら、イヤホンで音楽をきいていた。

なんか、絵になる……。

窓《まど》から入ってくる陽《ひ》だまりが、ミッキーを包みこんでいる。長いまつげに前髪《まえがみ》がかかって、さびし気な顔もかっこいい。

ふいに顔をあげ、「あっ」といってイヤホンを外す。あたしを見て、首をかしげた。

「……雨でもふってたのか?」

「え? あ、これは、その……」

弟たちのいたずらを、いちいち告《つ》げ口《ぐち》するのは大人げない。

「ああ、アイツらにやられたのか。悪いな」

でも、すぐにばれてしまった。

「こっちにすわってて」

クッションを指さして、立ちあがる。タオルを持って、もどってきてくれた。

「……ありがと」

顔や髪《かみ》をふきながら、ちょっとミッキーの匂《にお》いがすると思った。

「さて、どんなイメージにしようか」

ミッキーが、あたしのとなりにどかっとすわる。

そ、そうだ。逃《に》げると、追いかけてくるんだっけ……。

あたしは、つつつっと、クッションをミッキーからはなした。

「テーマを考えると、どの音楽がいいか迷《まよ》うんだよなぁ」

ミッキーが、頭をかく。

「いままでJ《ジェー》ポップが多かったけど、たまには洋楽もいいよな……。他のチームとかぶるのはイヤだけど。イッポはどう思う？」

「え？」

ふいをつかれて、口ごもった。そうだ、そっけない態度《たいど》だっけ。

「べ、別に……」

「別にって、何の意見もないのか？」

ミッキーが、不機嫌《ふきげん》になる。

ま、まずい！

「いやいやいや、別にっていうのは、別にいいんじゃないっていう賛成《さんせい》の意味で……。他のチームとかぶらないほうがいいけど、客席の人たちも知っている曲のほうが、盛《も》りあがるっていうか」

「ああ、そういうこと」

ミッキーが納得《なっとく》してくれて、ホッとする。

うう、やっぱり、ちょっと遠いような……。あたしは気づかれないように、少しずつクッションをよせていった。

「客席が盛りあがれば、おどってるオレたちのノリもちがってくるからな。さすが、イッポもずいぶんダンスのことがわかってきたじゃないか。じゃあ、ヒット曲を使いながら、それを編集《へんしゅう》して……」

ミッキーにほめられて、ほおが熱くなる。

「イッポ、だいじょうぶか？」

「な、何が？」

「さっきから、動きがおかしいし」

「おかしくないよっ」

「クッションをひきずって、何やってんの？」

ばれてた……。

「顔も赤いし、熱でもあるんじゃ……」

ミッキーの手がのびてきて、「ひゃっ」と、とびのいた。

「だ、だいじょうぶに決まってんじゃん！　あたし、すっごい元気！」

「それなら、いいけど」

あ～、びっくりした。

どう見ても、ふりまわされているのは、あたしのほう……。

「じゃあ、この辺から選ぼうか。九十年代のヒット曲」

そういって、CD《シーディー》を選びはじめる。その横顔が楽しそうで、あたしは思わずふふっとわらった。

「なんだよ」

「え、ううん。なんか、はじめてあったときのこと思いだしちゃって。出会ったころは、ミッキーってこわい顔ばっかりしてたから」

「そうだっけ?」

「そうだよ。あたしが転校のあいさつをしたときだって、オレは関係ないって顔をしてたし」

あのころのミッキーは、教室の中でも、どこか遠くを見ているようだった。

「あ、思いだした。そういえば、イッポにききたいことがあったんだ」

「ききたいこと?」

「うん。どうして、転校してきた理由が、運命だったんだ?」

ドキッとして、汗《あせ》がふきでた。

転校のあいさつをしているとき、ミッキーとの出会いに運命を感じたあたしは、目があった瞬間《しゅんかん》、「転校してきた理由は……運命です！」っていっちゃったんだ……。

ど、どうしよう。そんなこと、いえないっ。

「ダ……ダンスだよ！　あたし、なんか運命的なことが起きそうな気がして……それが、たぶんダンスだったんだって……いま、思うと」

苦しい、いいわけ……。

「ああ、なるほどな。たしかに、イッポが転校してきたおかげで、ファーストステップができたんだし」

それで、納得《なっとく》するんだ……。

「でも、ミッキーがチームに入ってくれるなんて思わなかったな」

「だよな。オレも、いまだに不思議《ふしぎ》だ」

そこは否定《ひてい》してよ。

「ネコもロボも素人《しろうと》だし、すげぇ下手だったし。イッポも、とてもダンスなんてできると思えなかった……。それなのに、なんでだろうな」

ミッキーは、CD《シーディー》を選びながらいった。

あたしも、ジャケットの裏《うら》を見ながらようすをうかがう。

「楽しそうだったから、かなぁ……」

ミッキーが、ぽつりとつぶやいた。

「ひとりでおどってても楽しかったけど、みんなとおどったら、もっと楽しそうな気がしたから。特にイッポが……」

あたし⁉

「ヘタクソなのに、いっしょうけんめいで、めちゃくちゃ楽しそうだった」

う〜、ほめられている気がしない。

あのとき、ミッキーに見せるためにブリッジの練習をして、サリナやネコやロボとも、ちょっとずつ仲良くなって……。

「ミッキーのいう通りかも。あたしたち、ケンカもたくさんしたけど、いっしょに練習して、汗《あせ》かいて、たくさんわらって……それで、楽しさも五倍……ううん、それ以上だったよね」

いままでのことが、つぎつぎに頭にうかんだ。

みんなとの、たくさんの思い出。

「今回のテーマの『つながり』って、あたしたちのことかもしれない。あたしたちがつながったから、運命が変わったんだもん」

「だな」

ミッキーもうなずく。

おぼろげだったテーマが、くっきりと見えてきた気がする。

「よし、じゃあ、やっぱり音楽は明るく楽しいほうがいいな」

そういって、ミッキーは「これと、これと……」といって、いくつかCD《シーディー》をピックアップしてプレーヤーにセットした。

すると、音楽がはじまったとたん、下の階から「えい！　おりゃあ！」とかけ声がきこえてきた。どうやら、弟たちが戦いごっこをしているみたい。

「うるさいなぁ」

そういってミッキーは、イヤホンをプレーヤーにさしこんだ。イヤホンの片方《かたほう》を自分の耳に、もうひとつをあたしにさしだす。

「え？」

「こっちの耳できいて」

ドキンッ！

あたしは、ミッキーのそばによった。ミッキーは左耳に、あたしは右耳にイヤホンをする。まるで、恋人《こいびと》同士みたい。

どこかできいたことのある音楽が、耳に流れこんでくる。

肩《かた》と肩が、ふれそうで、ふれない。

ミッキーの人差し指が、ひざをたたいてリズムをとる。

体中でビートを刻《きざ》んでいるのを、となりで感じた。

音楽をきくと、ミッキーはじっとしていられない。音楽をとりこみ、体が反応《はんのう》して、ダンスで表現《ひょうげん》する。

いつもこんなふうに、音楽と一体になっているんだ。

いいなぁ……。

音楽にさえ、やきもちをやいてしまいそうな自分を、バカだなぁと思う。

あたたかい陽《ひ》だまりの中、あたしとミッキー、ふたりだけの時間がしずかに流れていった。

うれしいのに、なぜか涙《なみだ》がでそうになる。幸せすぎても、人は泣きたくなるのかもしれない。

このまま、時が止まってしまえばいいのに……と思ったとき。

「おりゃあぁ！」

双子《ふたご》の弟たちが、とびげりをしながら部屋にとびこんできた。派手《はで》な音を立てて、

勉強づくえのいすがひっくりかえる。

「オマエ、あやに告白しねーのかよ！」

「うるせー！　オマエこそ、どうすんだぁ！」

それでもミッキーは、慣《な》れているのか音楽に没頭《ぼっとう》していた。

ふたりだけの、時間が……。

ちっともロマンチックじゃない！

泣きそうになりながら、弟たちがわいわいさわぐ部屋で、音楽をききつづけた。

3 怪《あや》しい男の子

ミッキーといくつかの曲に候補《こうほ》をしぼって、家に帰った。

もう一度じっくり考えて、お互《たが》いいいと思った曲を報告《ほうこく》しあうことになっている。

どれもヒットしただけあって、すてきな曲ばかりで迷《まよ》う。

でも、ヒットしたからダンスにぴったりというものでもない。あたしたちの「つながり」を表現《ひょうげん》できる曲は、どれだろうとなやんだ。

チーム結成、アイドルとのダンスバトル、夏の合宿、クラスの子たちと出場したダンスカーニバル……。大変なこともあったけれど、思いだすのは笑顔ばかりだ。

あたしたちのつながり……。

うん、これしかない！

「決まったか?」

つぎの日、教室でミッキーにきかれて、うんとうなずいた。

「『Be《ビー》 Happy《ハッピー》!』がいいと思う」

それは、九十年代に世界中でヒットしたアメリカの曲だ。

「どうして、それにしたんだ?」

ミッキーが、眉《まゆ》をよせる。

「ダンスって楽しくて、幸せな気持ちになるから。それにお母さんのパソコンを借りて、ネットで『Be Happy!』を検索《けんさく》してたら、この曲でフラッシュモブをやってたの」

「フラッシュモブ? へぇ、それで?」

ミッキーが、身を乗りだしてきた。

あたしは最近知った言葉だけど、ミッキーは当然知っているようだ。

フラッシュモブっていうのは、雑踏《ざっとう》や町の中で、とつぜんダンスをはじめるパフォーマンスのこと。「Be《ビー》 Happy《ハッピー》!」のフラッシュモブはすごかった。地下鉄の中で、とつぜんひとりの人がダンスをおどりはじめる。そしてタッチすると、つぎの人が電車を降《お》りて、ホームでおどりはじめ……。駅前、町の中と、それはどんどんつながっていき、うつむいていた人も、悲し気だった人もパッと顔をあげ、輝《かがや》く笑顔になった。そして最後には、広場で大勢《おおぜい》の人がそろっておどった。

まるで、世界中の人がダンスでつながったみたいだった。それを見て、ぞくっと鳥《とり》肌《はだ》が立った。

「何の共通点もなかったあたしたちも、ダンスでつながったでしょう？　そのことを思いだしたの」

サリナも、ロボも、ネコも、ミッキーも。

ダンスがなかったら、話すことさえなかったかもしれない。

「ふーん……。それ、おもしろそうだな」

ミッキーが、考えこむ。

「いまの話で、なんとなくふりつけのイメージもわいてきた。よし、曲は決まりだな」

わ……ミッキーの役に立てたみたいでうれしい。

それにしても、いつにもまして、真剣《しんけん》な表情《ひょうじょう》だ。

「もしかしてミッキーは……、やっぱり、勝つつもり？」

あたしは、おそるおそるきいてみた。

「当たり前だろ」

当然のようにいわれて、そうだよね……と思いなおす。

ベストをつくせば負けてもいいなんて、ミッキーが考えるわけない。

「絶対《ぜったい》に、本大会にいきたいんだ」

その意気ごみに、あたしは息をのんだ。

ミッキーらしいけれど、いつもと少し、ちがうような……。

「なになに？　曲、決まった？」

あたしとミッキーの間に、サリナがとびこんでくる。

「あと、一か月と二週間だもんね」

ロボもやってきた。

「予選突破《とっぱ》めざして、がんばるにゃん！」

ネコが、ぴょんっととびはねる。

予選突破か……みんなとなら、できるかもしれない。

あたしたちは教室にいることも忘《わす》れて、みんなで「オー！」とこぶしをあげた。


水曜日、あたしたちは寒空の下、公園で練習することになった。

「サリナぁ、せめて冬の間は、バレエ教室で練習できるようにお願いしてよぉ」

あたしが泣きごとをいうと、サリナは「しょうがないじゃない」と眉《まゆ》をよせる。

「バレエのレッスンのほうが優先《ゆうせん》なんだから……。親だからって、交渉《こうしょう》するのも大変なんだよ」

そういわれると、あたしたちはただで貸《か》してもらっているわけだし、むりはいえない。

「だいたい、イッポ。なぁに、そのかっこう。そんなもこもこしたダウンコート着て、おどれるわけないでしょ！」

そういうサリナは、長そでのトレーナーしか着てない。見ているだけで、寒そう……。

「ちょっとは、ネコを見習いなよ」

寒がりのネコが、なぜかパーカーをはおっているだけ……どうして？

「うち、ぜーんぜん寒くないもーん！」

そういってとびはねた拍子《ひょうし》に、ポトンと何かが落ちた。

「ずるい！　使い捨《す》てカイロだ！」

どうりで寒さも平気なはず。

「うちのじいちゃんなんて、毎朝、乾布摩擦《かんぷまさつ》やってるよ」

ロボが肩《かた》をすくめる。

「乾布摩擦って？」

「裸《はだか》になって、体をタオルでこするんだ。健康《けんこう》にいいんだって」

ホントか……!?　と思いながら、ロボのおじいちゃんらしいと納得《なっとく》する。

「イッポ、冬休みの間に、太ったんじゃね？」

ミッキーがじろじろとあたしを見た。

「そ、そんなわけないでしょ！　ほら、見てよ！」

まんまと乗せられて、結局あたしはあわててダウンコートをぬいだ。

準備体操《じゅんびたいそう》をした後、ダウンのリズムとアップのリズムで体をあたためる。

それから、ヒップホップのステップを音楽にあわせておどった。

足でステップをふみながら腕《うで》の動きをつけると、息もあがってほんとうに体があったかくなってくる。

ひと通り体を動かして休憩《きゅうけい》していたとき、パーカーの帽子《ぼうし》を目深《まぶか》にかぶった、怪《あや》しげな子が近づいてきた。

「よぉ、がんばってるじゃん」

へ？　と、その子を見つめる。

「ミッキー、おどりにあせりがでてるぞ。サリナ、手足がのびやかになったな。ロボ、キレがよくなった。ネコの跳躍力《ちょうやくりょく》は、相変わらずすごいな。イッポ、あんなにダメダメだったのに……」

みんな、怪訝《けげん》な顔をした。なんなの、このえらそうなやつ！

「ずいぶん、うまくなったじゃん」

そういって、パーカーの帽子《ぼうし》をとると……。

「タクヤくん！」

みんなの声がそろって、タクヤくんにかけよる。

「オマエ、こんなところで何やってんだよ」

ミッキーがうれしそうに、背中《せなか》をパシパシたたいた。

タクヤくんは、ミッキーが芸能《げいのう》活動をしていたときの仲間で、ミントブルーというアイドルグループのメインボーカルとして活躍中《かつやくちゅう》。以前、ミントブルーとあたしたちファーストステップは、ダンスバトルをしたこともあって仲良くなった。

「あのとき、またいっしょにおどろうって約束したのに、なかなか時間がとれなくて悪いね」

そういうタクヤくんは、すごく元気そう。

「しょうがないよ。あれから、ミントブルー、どんどん人気がでてきたし」

あたしは、あらためて思った。ミントブルーの五人は、歌もダンスもうまい。いまじゃ、音楽番組からバラエティーまで、テレビで見かけない日はないくらい。

前回会ったのは数か月前なのに、そのときとくらべても、芸能人《げいのうじん》オーラがものすごい。

「ミッキーがいたら、もっと人気がでただろうけどな」

タクヤくんは、名残惜《なごりお》しそうにいった。たしかにタクヤくんはかっこいいけれど、ミッキーだって負けてない。

「んなわけねーじゃん」

ミッキーが、少し顔を赤らめる。ミッキーはわけあって芸能《げいのう》活動をやめてしまったけれど、もしつづけてたら、ミントブルーの一員としてデビューする予定だった。

もしそうなってたら……。あたしは、ミッキーと話すこともできなかっただろうな。

「もう、ずっと昔の話みたいな気がする。芸能界なんて、遠い世界だよ」

ミッキーがいうと、

「いや、ミッキーは、いつかまたもどってくる気がするよ」

なんていった。

そして、タクヤくんはあたしたちのほうを見た。

「ファーストステップ、ホットダンスコンテストにエントリーしたんだって？」

「えぇ！」

あたしたちは目を丸くした。いくらダンスが好きだからって、情報《じょうほう》がはやすぎない!?

「いや、実はさ、ぼくらミントブルーは、本大会の審査員《しんさいん》の中に入ってるんだ。それで、予選大会のチームにも目を通してたら、A《エー》ブロックにファーストステップっていう名前があったから、もしやと思って」

「タクヤくんが審査員なの!?」

そんなことって……。

「だから、本大会にでられるように、まずは予選大会、がんばってほしいと思ってさ」

そっか。それをいうために、わざわざここまできてくれたんだ！

「Aブロックに参加するチームは、三十二チーム。そこから本大会にでられるのは、十チームだ」

たった、十チーム……。

「予選大会だからと甘《あま》く見ていると、いたい目にあうよ。それに、本大会はほんとうに実力がないと勝てないし」

「おい、はげましにきたのか、おどかしにきたのか、どっちだよ」

ミッキーに皮肉をいわれて、タクヤくんは、ふっとわらった。

「そうだな。ちょっと、ミッキーのおどりが雑《ざつ》な気がして心配になったんだ。心ここにあらずって感じだけど、だいじょうぶか？」

そういわれて、ミッキーは目をまたたいた。そして、ニヤリとわらう。

「は？　オマエこそ、ちやほやされて、調子に乗りすぎてんじゃないか？」

「何いってんだよ」

以前だったらケンカになりそうな場面だけど、タクヤくんはあきれ顔で、肩《かた》をすくめるだけだった。

「いま、移動中《いどうちゅう》で、そこに車を待たせてるから。メンバーのみんなも会いたがってたけど、ぼくたちがそろうと目立つだろう？」

「ほら、やっぱり調子に乗ってる」

ミッキーにいわれても、タクヤくんはよゆうの顔で片手《かたて》をあげた。

「じゃ」

「う〜ん、なんか、オトナの貫禄《かんろく》を感じるにゃん！」

「だよなぁ、同い年とは思えない……」

ネコとロボが感心して、あたしも同じことを感じた。芸能界《げいのうかい》で大人にまじって仕事をしながら、いろいろ苦労しているのかもしれない。

あたしは、「あ！」と思って、タクヤくんの背中《せなか》を追いかけた。

「ねぇ！　さっきの、ほんとう？」

タクヤくんが、立ち止まる。

「ん？　……ああ、イッポがうまくなったってこと？」

「うん」

食い入るように見つめると、タクヤくんは、にこっとわらった。

「ホントだよ。何が、イッポをそんなに夢中《むちゅう》にさせてるのかなって思うほど……。いや、だれが、かな？」

「ちょ、ちょっと、そんな！」

あたしの顔が、一気に熱くなる。

「イッポって、わかりやすいよなぁ。がんばれよ！」

ひらりと手をふって、タクヤくんはいってしまった。

「ねぇ、何を話してたの？」

あとから追ってきたサリナにきかれた。

「えっと……あたしが、ほんとうにうまくなったかどうか……」

「やだ、イッポったら、まだそんなことといってるの？」

サリナは、くすくすとわらった。

「前にくらべたら、姿勢《しせい》もよくなったし、手足の動きもぜんぜんちがうよ。まぁ、以前がひどかったっていうのもあるけど……」

相変わらず、ちくちくとさしてくる。

「ミッキーだってこの間、『イッポ、うまくなったよなぁ』って感心してたんだから」

「ミッキーが？」

ドキッとする。

あたしには、いつも悪口ばっかりいうくせに。

「そう、なんだ」

うれしさが、じわじわとこみあげる。

タクヤくんの応援《おうえん》のおかげで、やる気もむくむくとわいてきた。

「サリナ、絶対《ぜったい》に本大会にでようね！」

また、タクヤくんに会いたいもん！

4 ミッキーとデート？

サリナ、ミッキー、佐久間《さくま》先生は、ああだこうだといいあいながら、ステキなふりつけを考えてくれているし、あたしたちも基礎《きそ》練習からみっちりと、毎日レッスンをつづけた。

「今回は、いつになく順調《じゅんちょう》だよね」

「あ、実はあたしもそう思ってたところ！　このままいけば、予選どころか、本大会で優勝《ゆうしょう》しちゃったりして？」

ロボとあたしがはしゃいでいると、ネコもくわわって、わっとわらった。

「あのなぁ……」

サリナと細かいステップを調整していたミッキーが、不機嫌《ふきげん》な顔になる。

「まだ何もはじまってないのに、オマエら、のんきすぎるだろ」

「……そう？」

「そうだよ。他のチームは、死にもの狂《ぐる》いでやってるんだ。これくらいで優勝《ゆうしょう》なんて、できるわけないだろっ」

「死にもの狂いなんて、おおげさな……」

あたしはハハッとわらったけど、ミッキーはぴりぴりしている。

「ネコ、衣装《いしょう》はどうなってる？」

「デザインはだいたい決まったよ。ヒップホップのかっこよさと、うちらの『つながり』を感じられるようなものって思ってるにゃ」

ネコが、胸《むね》をはっていう。どうやら、自信ありみたい。

「お母さんが知っている問屋さんに注文した生地が、あしたとどくんだけど、うち、用事があっていけないんだよねぇ。だれか、かわりにいってくれないかにゃ〜」

ネコが、上目づかいにあたしたちを見る。

「あしたか。オレ、空いてるけど」

え……ミッキーが買いにいくの？

「わたしはダメだなぁ」

「ぼくも」

サリナとロボが、口々にいって、あたしを見る。

あたし……？

「いくいく！　あたし、いきます！」

思いきり両手をあげた。ミッキーとふたりでお買い物だなんて！

「じゃあ、ミッキーとイッポ、お願いにゃん」

ネコがにっこりとわらう。

これは……夢《ゆめ》にまで見たデートじゃない！

やった――――！

ネコがいうには、洋服の生地を売るお店が集まっている問屋街があって、そこでは、たくさんの種類の生地を安く売っているらしい。

電車に乗っていかなくちゃいけないけれど、だせるお金にも限界《げんかい》があるから、なるべく安いお店がいい。

その日の夜、お父さんとお母さんに、ダンスコンテストにでることを話した。

「『Be《ビー》 Happy《ハッピー》!』って曲、知ってる! なつかしいわねぇ」

お母さんがいった。そっか……。九十年代というと、まだお母さんは独身《どくしん》で、学生だったころだ。

「そういえばデートでいったディスコで、母さんもおどってたなぁ」

「え〜、お父さんとお母さん、ディスコでデートしたの?」

ディスコって、なんだか古めかしい言葉……。九十年代ごろ、日本は好景気《こうけいき》でバブルと呼《よ》ばれていた。そのころ、多くの若者《わかもの》がディスコでおどっていたと、テレビで見たことがある。

「そうよ、こんなふうにおどってね」

そういってお母さんは、ひょこひょこと手をふり、奇妙《きみょう》なおどりをおどりはじめた。

「そうそう、パラパラっておどりが流行《はや》ってたよなぁ。みんなとおどるために、いっしょうけんめいふりつけをおぼえたんだ」

お父さんまで読んでいた新聞を置いて、同じようにおどっている。

うわ……なんかヘン！　時代によって、ダンスも変わっていくんだなぁと、不思議《ふしぎ》に思う。

「一歩《かずほ》たちも、こんなふうにおどるんでしょ？」

「ぜんっぜん、ちがうけど」

あたしは、眉《まゆ》をひそめた。

「お父さん、おどりが下手だったのよね」

「母さんは、お立ち台で目立ってたもんなぁ」

「は？　お立ち台？」

ききかえすと、お母さんは手をひらひらさせた。

「ほら、お母さん、ディスコクイーンだったから、みんなより高い台の上でおどってたのよ～」

それって、めちゃくちゃはずかしいような気がする。

お母さんがキッチンにいくと、お父さんが新聞のかげにかくれて声をひそめた。

「実は、母さんのおどりに、みんなちょっとひいてたんだよなぁ」

だろうね……。

「でも、お父さんは、お母さんに夢中《むちゅう》だったんでしょう？」

「え？　そんなわけないだろう。はげしくアタックしてきたのは、母さんのほうなんだから」

えぇ!?　話がちがうんだけど！

「だってお母さん、男は追いかけちゃダメって……」

「何をいってるんだ。父さんは、母さんに追いかけまわされて……。ほんとうに参ったんだ。最後には、根負けしちゃってさ。こんなに好きになってくれるなら、まぁいっかって感じで」

「そんなの、いいかげんすぎない!?」

ちょっと、ショックなんだけど……。

「いいかげんなんかじゃないさ。そのときはいっしょうけんめいな母さんが、かわいく思えたんだよ」

そういって、ため息をつく。

そのときはっていうのが、ひっかかるけど。

「もぉ！　お母さんもお父さんも、いってることがちがうんだもん。どっちを信じたらいいのよ……」

思わずつぶやくと、お父さんが新聞をばさっとおろしてけわしい顔をした。

「まさか一歩《かずほ》、好きな男ができたなんてことは……」

「え？」

身を乗りだしてくるお父さんに、思わずあせった。

「そ、そんなわけないし」

「だよなぁ」

ふうっと、ソファにもたれかかる。これじゃあ、あしたミッキーとふたりででかけるなんて、絶対《ぜったい》にいえない。

「いいか、一歩。好きな男ができたら、まずは父さんにいうんだぞ。父さんが、恋《こい》の駆《か》け引きを教えてやるから」

お母さんと、同じことをいってる……。

「……うん」

高らかにわらうお父さんを見て、あたしはそっと、ため息をついた。


つぎの日の日曜日、駅でミッキーと待ちあわせた。

同じ失敗は、二度とくりかえさない。今度こそ、お気に入りの洋服を着ていこうと散々迷《まよ》った。パステルカラーのセーターと巻《ま》きスカート。それに、くるみボタンがついた赤いコートをはおった。

うん、完璧《かんぺき》！

外にでると、息が白くて、いまにも雪がふってきそう。

でも、寒さも忘《わす》れてしまいそうなほど、胸《むね》がドキドキしている。

好きな人を待つって、いいな。

心の中が、ほかほかする。

駅で待っていると、たくさんの人とすれちがった。

でも、どんなに人がいても、ミッキーなら見のがさない自信がある。

いたっ！

手をコートのポケットにつっこんで、ちょっと早足でやってくる。目があうと、口のはしが少しあがった気がして、鼓動《こどう》がぎゅんっとはねあがった。

小さく手をふって、幸せ気分に満たされる。

この間はイマイチだったけど、きょうこそは、がんばるんだからっ！

あたしは、よしっとこぶしを強くにぎった。

電車に乗って、音楽やダンスの話をしていたら、あっという間に目的の駅についた。

駅をでて、ネコがかいてくれた地図を見ながら歩いていく。

「うわぁ、ほんとうにお店がたくさんあるんだねぇ」

布《ぬの》を売っているお店のとなりに、また布を売っているお店がならんでいる。こんなにたくさんあって、ケンカにならないのかなって心配するほどだけど、お店にはそれぞれ特徴《とくちょう》があるみたい。

洋服の生地もあれば、着物の生地を売っているところもあるし、糸や針《はり》なんかの道具のお店や、下着を売っているお店まである。

ネコのお母さんは、洋服のお直しの仕事をしてて、洋裁《ようさい》をやる人だ。だから、きっとこの辺にもよくくるんだろう。

どこも店先に赤札商品をならべてあって、ほんとうに安い。

「おっ、あそこ、ダンス用の衣装《いしょう》の店だ！」

ミッキーが、どんどんいってしまう。

「すげー、これ、ヒップホップの衣装だ。あっちはジャズダンスだな。そっちは……」

かっこいい衣装からかわいい衣装まで、あらゆるジャンルのダンス衣装がそろっている。中には、キラキラしたドレスまであって……。

「これ、いいな」

ミッキーが手にとる衣装は、かっこいいのばっかりで、どれもミッキーに似合《にあ》いそう。それにしても、あんなに目を輝《かがや》かせて……まったく。

「ねぇ、そろそろ買いにいこうよ」

「待てよ。これ、イッポに似合《にあ》いそう」

「え？」と思ってふりむくと……。

「……これ、何⁉」

クマの着ぐるみだった。お姫《ひめ》さまみたいな衣装《いしょう》や妖精《ようせい》っぽいのもあるのに、どうしてクマ⁉

「かわいいじゃん」

そういって、あたしにあててみる。

「……かわいい？」

「うん、かわいい」

きっぱりいうミッキーに、怒《いか》りがおさまる。

なら……いいか。

思わず買いたくなったけど、値段《ねだん》を見てやめた。

それから、ネコにいわれたお店にいって、注文した生地をもらった。ネコが細かくイメージを伝えて、とりよせてくれたらしい。その生地を見ても、あたしにはさっぱりイメージがわかないけれど……。

「いやぁ、あの子はすごいよ。あの年でこの生地を注文するなんざ、お目が高いねぇ。いまどき手作りの洋服なんてめずらしいけど、お母さんの作った洋服も評判《ひょうばん》いいし。この生地は、サテンの中でも……」

おじさんの話は長かった。

ミッキーとふたりで、「はぁ」とか「へぇ」なんていいながらきいたけれど、洋服のことはさっぱりわからなかった。

でも、仲間のことをほめられると、ちょっとうれしい。

「ありがとうございました」

あたしとミッキーは、店の外にでたとたん、「はぁ」と同時にため息をついた。

「ちょっと、休もうか……」

立ちっぱなしでくたくただ。ステキな喫茶店《きっさてん》に入りたいところだけど、お金もないし……。

「そこにすわって、待ってろよ」

ミッキーは、商店街の外れにある神社の階段《かいだん》に荷物を置くと、どこかにいってしまった。しかたなくすわる。

どこにいっちゃったんだろう……。また、衣装《いしょう》でも見にいったのかな。

う～ん、これって、やっぱりデートとはちがうような……。

ミッキーの話すことといったらダンスのことばかりだし、あたしのことなんてまるで興味《きょうみ》がないみたいだし。あたしはこんなにうれしくて、ドキドキしているのに……。

ため息をつくと、白い息がほわほわと消えていった。

「ほら」

ミッキーの声に、顔をあげた。ペットボトルを二本持って立っている。

「あ、ありがと……」

両手で包むと、じんっとあたたかかった。

ミッキーが、あたしのとなりにすわった。

「雪がふってきそうだな」

空は灰色《はいいろ》にくすんでいたけれど、あたしの心は春のようにさわやかだ。

「チームを作って、もうすぐ一年なんてはやいなぁ」

ミッキーの息も白い。

「チームの解散《かいさん》は残念だけど、これからもみんなでおどろうね」

そういったのに、返事がかえってこなかった。

「ミッキー？」

顔をのぞきこむと、表情《ひょうじょう》をくもらせて、一点を見つめていた。

「え？　ああ……」

とってつけたようにうなずく。

そのとき、花びらのような雪が、ひらりひらりと空から舞《ま》いおりてきた。

うわぁ、ムードは最高！

「ふ、ふ、ふぁっくしょん！」

あたしの口から、大きなくしゃみがでた。

「ご、ごめん」

鼻をすすって、泣きたくなった。

ミッキーはふっとわらうと、空を見あげた。

「帰ろうか」

そういって立ちあがると、背中《せなか》を向けた。

さっきのさびし気な表情《ひょうじょう》が気になるけれど、きけない雰囲気《ふんいき》。

「つながり」ってなんだろう。ミッキーはつながったと思っても、すぐにふいっとどこかにいってしまう。

あたしとミッキーがつながれる日なんて、くるのかな……。

5 苦しい練習

サリナの家のバレエ教室で、ミッキーがふりつけを発表した。

「今回のダンスは、『ラインダンス』をめざそうと思う」

「ラインダンス？　あの……こうやって、足をあげておどるやつ？」

あたしの頭の中にうかんだのは、横一列にならんで肩《かた》や腕《うで》をくみながら、足をあげるダンスだ。

「チアダンスなんかでも、ラインダンスっていう技《わざ》があるけれど、オレがいってるのはそういうのじゃない。最近、ダンスグループがやって注目されたんだけど、大勢《おおぜい》が横一列にならんで、同じダンスをぴたりとそろえるやつだよ。これが、めちゃくちゃカッコよくてさぁ」

ミッキーがいうと、サリナも身を乗りだした。

「あ、知ってる！　新曲もかっこよかったけど、一列にならんでおどるのって、意外と新鮮《しんせん》だったなぁ。ぴったりそろっているのが、気持ちいいっていうか、爽快《そうかい》で」

さすが、サリナはダンスの流行に敏感《びんかん》だ。

あたしは知らなかったけれど、ミッキーとサリナがいいというんだから、期待できそう。

「オレが考えたふりつけは、そのラインダンスを、さらに進化させたものだ。横一列だけじゃなくて、縦横《たてよこ》ななめのフォーメーションダンスもくわえて変化をつける。そうやって、五人の一体感にこだわりたい」

「一体感って？」

「とにかく、そろえるんだ。ふりつけも列も、あらゆる動きをピタリとそろえる。それによって、つながりを表現《ひょうげん》したい」

そういってミッキーは、考えたふりつけを説明しはじめた。

エイトカウントごとに、ひとりずつロボットダンスをおどる。つぎつぎとバトンをわたすようにおどったら、五人全員で一列になる。

「最初は、それぞれ自由な姿勢《しせい》でいいから。自分の番になったらアイソレーションを使って、ロボットダンスをしてほしい」

アイソレーションというのは、体の一部分だけを動かす技《わざ》。他のところを動かさないって、けっこうむずかしい。

「出だしは、はじめて音楽をきいて、体が動きはじめるようなイメージだ。こんな感じで」

お手本にミッキーがやってみせる。さすが、うまい。首だけを動かしたり、腕《うで》や胸《むね》だけを動かしたり、カクカクとした動きはほんとうにロボットみたいに見える。

「じゃあ、サリナやってみて」

ミッキーがパンッパンッと手をたたく。

「ファイブ、シックス、セブン、エイッ」

サリナは戸惑《とまど》いながらも、ちゃんとロボットのような動きをしている。つづいて、あたしたち。

「ロボ、アイソレーションができてない！」

「ネコは、もっと動きをかたく！」

「イッポ、ふらふらするな！」

もう一度、アイソレーションの特訓《とっくん》からやり直しだ。一日目の練習は、ロボットダンスでおわった。

つぎの日から、一列にならんでステップをそろえる。

「最初は、クラブステップ」

クラブステップというのは、足先でハの字とブイの字を交互《こうご》に作りながら、カニみたいに真横へ動くステップ。はじめはむずかしかったけれど、慣《な》れればかんたん！

いろんな動きに応用《おうよう》できる。

「足の動きがあってない！　つぎ、ポップコーン……ロボとイッポ、動きがずれてる！」

ポップコーンっていうのは、かんたんだけどかっこいいといわれているステップ。

左右交互《こうご》にキックしながら、軸足《じくあし》をうしろにスライドさせる、はじけるようなステップだ。動きが大きいから、そろえるのもむずかしい。

他にも、ランニングマンやブルックリン、ロジャーラビット……いままでやった、いろんなステップを組みあわせている。

ステップの練習が、何日もつづいた。

ようやくステップがあうようになってきたら、今度はステップをふみながら、縦横《たてよこ》ななめと列をそろえる練習だ。

隊列をそろえるフォーメーションダンスは、クラスのみんなとやった「よさこい」でも経験《けいけん》していた。あのときは三十人以上だったから、たった五人なら、楽勝のはず……と思ったのに。

実際《じっさい》やってみると、ちっともかんたんじゃなかった。あのときは鳴子《なるこ》でリズムを刻《きざ》んだり、かけ声をかけたりしたから、少しずれても、鳴子やかけ声のタイミングでそろえることができた。けれど今回は、それぞれがおどっている中で、手や足の動きをそろえないといけない。しかも人数が少ないから、タイミングがずれると目立ってしまう。

何度もくりかえしあわせて、細かい手足の動きにも注意をはらった。

「そろわないと、『つながり』なんて表現《ひょうげん》できないだろっ！」

「そんなこといっても……」

つい弱音がでると、ミッキーと目があった。思わず目をそらす。

「だ、だって、サリナやミッキーみたいに、上手にできないし」

いってもしかたのないことだと、わかっているのに……。

ミッキーの求めるレベルは高すぎる。あたしだって、できることならちゃんとやりたい。サリナやミッキーについていきたい。

「だったら、オレとサリナが、イッポたちにあわせるか？」

「え……？」

「それとも、イッポたちが、オレたちにあわせるか……どっちかだよな」

ミッキーのいうことはきつい。あたしはうつむいた。ロボとネコが、おろおろしているのを感じる。

「全員が同じレベルのチームなんて、あるはずない。どのチームも、とにかく全力でやってるんだ」

　みんなが、ミッキーを見る。

「オレは、本大会にでたい。そのためには、いまのままじゃ無理だ。最初からあきらめるなら、でないほうがマシだ」

「気持ちは、わかるけど……」

「いや、わかってないっ」

　いいかけたサリナの言葉を、ミッキーは強い口調でさえぎった。

「予選突破《とっぱ》しようっていったのは、ウソだったのか？　適当《てきとう》にあわせただけだったのか？」

　ミッキー以外、みんなおしだまってしまった。

　あたしも苦しくて、何ていっていいかわからない。

「たのむ……」

　え？

　ミッキーが頭をさげて、みんなが目を丸くした。

「オレは、みんなとおどりたいんだ」

だれかにものをたのむとか、頭をさげるところなんて、いままで見たこともない。

「もう、みんなでおどる機会なんて、ないかもしれないじゃないか」

そんな……。

みんなが、きょとんとする。

「ちょっと、ミッキー、大げさだなぁ。クラブになったって、みんないっしょなんだから……」

サリナが、むりやり笑顔をうかべる。

「そんなの、わからないだろ！」

ミッキーのはげしい言葉にしんとした。

「いまは……いましかないんだ。オレは、いまの五人で最高のダンスをのこしたい」

いままで以上に、熱い思いが伝わってくる。何がミッキーをここまで熱くさせるのかわからないけれど、有無《うむ》をいわせない強さを感じた。

「そうだよね……わたし、がんばる」

サリナが、あわてていう。小さいころからミッキーを知っているサリナだから、よけいにびっくりしたのかもしれない。

「ぼくも、がんばるよ」

ロボが、鼻のあなをふくらませた。

「うちも、ダンスも衣装《いしょう》もがんばるにゃん」

ネコが、両手をあげる。

「あたしは……」

ミッキーが、あたしを見た。自信がない。でも、あたしだってみんなと……、ミッキーと、つながっていたい。

「あたしも……がんばりたい。がんばるから、置いていかないで」

ミッキーのけわしい表情《ひょうじょう》がやわらいで、うんとうなずく。

「だれも置いていったりしない。みんなで、本大会をめざすんだ」

そういって、スッと手をのばす。

みんなが、その上に手のひらを重ねた。

「予選突破《とっぱ》するぞ！　ゴー、ファイト、ファーストステップ！」

声が、ぴたりとそろった。


だれがいいはじめたわけでもないけれど、毎朝のランニングに、神社の階段《かいだん》の上り下り十本とストレッチ、アイソレーションがくわわった。

寝起《ねお》きの体に、神社の階段五十段を全力疾走《しっそう》するのは、かなりきつい。

「ロボ、おそい！　イッポ、もっとももをあげろ！」

ミッキーだって、朝は苦手なはずなのに、人が変わったみたいだ。鬼《おに》コーチみたいな声が、朝から響《ひび》く。階段を十往復《おうふく》するってことは、千段を上り下りするってことだ。

ストレッチで体をのばしてから、カウントをとりながらアイソレーションをする。

最初は全然できなかったけれど、何度も練習すると、体の一部の筋肉《きんにく》だけ動かせるようになるから不思議《ふしぎ》だ。

それから学校にいって、休み時間はステップの確認《かくにん》。

クラスのみんなが、「ダンス大会にでるの？」といって、応援《おうえん》してくれる。いっしょ

LEON
IDAS

におどってくれたり、ふりつけのチェックをしてくれたりして、うれしかった。

でも、正直いって、ねむい……。つかれて、ねむすぎるけど、がんばらなくちゃ。

ミッキーが、あんなにがんばってるんだもん。

毎日練習して、アイソレーションも、ラインダンスも、フォーメーションダンスもなんとかなりそうだと、やっと思えるようになったとき、ミッキーが、またとんでもないことをいいだした。

「後半、ふりつけを変更《へんこう》する」

「変更って……？」

みんながミッキーを見る。

「やっぱり、見せ場が必要だ。女子は、ダブルターン、男子はブレイクダンスで勝負しようと思う」

「ダブルターン？」

あたしは首をかしげた。

「こういう技《わざ》でしょう？」

ミッキーじゃなくて、サリナが答える。

サリナは、バレエのようにつま先立ちをしながら、くるっと体を二回転させた。

「そうだ。その後、バランスをとって止まるポーズを、サリナに考えてほしい」

「いいけど……」

うなずきながら、サリナがちらっとあたしとネコを見た。

「わたしは慣《な》れているけど、ダブルターンって、見た目よりもむずかしいよ？」

ミッキーに、おずおずという。

そうなんだ……。

あたしは不安になって、ミッキーを見た。

「わかってるよ。でも、だからこそ挑戦《ちょうせん》したいんだ」

思った通り、ミッキーは妥協《だきょう》なんてしない。男子でやるというブレイクダンスだって、かなり高度な技《わざ》だ。ロボは夏に練習したから、ブレイクダンスの基本《きほん》はできているけれど、ミッキーといっしょということは、もっとレベルをあげてくるはず。ロボもそれを感じているのか、顔色が悪かった。

男子と女子にわかれて、別々に練習することにした。女子は、もちろんサリナが教えてくれる。

「こんなふうに、するんだけど……」

サリナは、くるっくるっと二回転して、優雅《ゆうが》に右手をのばし、左足をうしろにあげてポーズを決めた。まるで、体の中に芯《しん》が入っているように安定している。

「まずは、つま先立ちで歩く練習からしようか」

サリナは、基本《きほん》から根気よく教えてくれた。

あたしとネコはいわれた通り、つま先立ちでまっすぐに歩く。

「お腹《なか》をひっこめて、平均台《へいきんだい》の上を歩くように！」

「ほら、芯《しん》がぶれてるよ！」

サリナの声が響《ひび》く中、あたしとネコは、何度もつま先で歩いた。つま先でまっすぐに歩くだけで、こんなに大変だなんて……。

やっと歩けるようになったら、途中《とちゅう》にターンを入れて歩く。くるっと回ると、体がふらついた。

「まっすぐな棒《ぼう》になったつもりで回って！」

「もっと緊張感《きんちょうかん》を持って、体に軸《じく》を感じるの！」

サリナの必死な声。

つま先がいたくなって、背中《せなか》もこわばってくる。

「ターンするとき、一点を見つめて！　はじめから終《お》わりまで、視線《しせん》を動かさないで！」

ターンするとき、顔をいっしょに回してはいけない。ぎりぎりまで同じところを見つめ、限界《げんかい》のところでくるっと首を回すと教えられた。そうしなければ、目が回ってしまうからだ。

「慣《な》れたら、ターンするスピードをアップしてみて！」

ふくらはぎと太ももに、ぐっと力が入る。

「あ！」

痛《いた》みが走って、あたしの体がたおれた。

ふくらはぎがつって、足をおさえる。涙《なみだ》がでそうなほどいたかった。

「だいじょうぶ!?」

サリナが、ふくらはぎをマッサージしてくれる。

「ちょっと、休もう」

「……うん、でも」

「あせらなくても、まだ時間はあるから」

やさしい言葉をかけられると、よけいに涙《なみだ》がでそうだった。

どうして自分はダメなのだと、せめたくなる。

タオルを頭からかぶって、顔をかくすと涙がこぼれた。

ほんとうに、できるんだろうか……。

自分を信じることが、これほどむずかしいとは思わなかった。

そんな練習が、毎日つづいた。

ひとつわかったことは、つながるためには、ひとりひとりが自立しなければいけないということ。

だれかにあわせるとか、たよろうなんて思っているうちは、ピタリとそろえることなんてできない。それぞれが完璧《かんぺき》にダンスをこなして、呼吸《こきゅう》でつながる……そんな感じ。

それには、練習するしかない。

「ワン、ツー、スリー、フォー、ファイブ、シックス、セブン、エイッ！」

かけ声と、息づかいだけが耳にとどく。

全員であわせて、そろわないと自主練をして、またあわせて……。

「くそっ、どうしてできないんだ……」

ミッキーがつぶやいてドキッとするけれど、ミッキーはだれかにいっているわけじゃない。自分自身にいってるんだ。

あたしには完璧に見えるステップを何度もふんでは、ミッキーはくやしそうに足をたたく。

そんなことをされたら、あたしなんてどうしたらいいのといいたくなるけれど、いえなくて……ただ練習するしかなかった。

あわせている途中《とちゅう》、ロボが動きを止めた。肩《かた》で息をして、立ちつくしている。

「どうした」

音楽を止めて、ミッキーがきく。

「……むりだ」

宙《ちゅう》を見つめて、ぽつんという。

「むりなもんは、むりだ。どんなに練習したって、ぼくにはできない」

みんなが、心配そうにロボを見る。

「何いってんだよ。みんながんばって……」

「がんばったらできるやつはいいよなっ」

ロボの大きな声に、みんなが固まった。

「でもなぁ、世の中、みんなミッキーみたいなやつだと思ったら大まちがいなんだ。がんばったって、できないやつのほうが多いんだよ！」

ロボが、はぁはぁと息を切らす。

あたしたちは息をのんだ。このままじゃケンカになってしまう。

「いいたいこと、それだけ？」

「はぁ？　バカにしてんの？」

ロボが、さらに声を大きくする。

「いいたいこといって、すっきりするならそれでもいいよ。オレは、別に平気だ」

ミッキーが背中《せなか》を向けると、顔を赤くしたロボが、ミッキーの肩《かた》をつかんだ。あたしとサリナが、ロボにしがみつく。

「やめなよ！」

「だって、こいつ、バカにして……」

「がんばったらできるなんて、思ってない！」

ミッキーが、くやしそうに声をしぼりだした。

「いままでだって、ずっとそうだった。どん

なにがんばっても、できなかったことなんてたくさんある。でも、がんばることしかできないから……」

くっと言葉につまったミッキーの目に、涙《なみだ》が光った気がした。

「やるしかないじゃんか」

唇《くちびる》をかみしめて、うつむく。

「みんなにはいうなって、いわれたけど……」

サリナが、ロボを見る。

「ミッキー、わたしたちとの練習がおわった後もうちにきて、地下の練習場でダンスしているんだよ」

「え！　練習の後？」

信じられない。あたしなんて、毎日の練習だけでへとへとなのに、それからまた、練習しているだなんて……。

ミッキーが、そっぽを向く。

ミッキーはそうやって……、いつもそうやって、ひとりでがんばってきたにちがいない。

だれにも、苦しみを打ち明けることなく……。

ロボの体から、ふっと力がぬけた。

あたしとサリナが手をはなすと、くずれるようにひざをつく。

「ごめん」

こぶしをにぎりしめて、腕《うで》で顔をぬぐった。汗《あせ》なのか、涙《なみだ》なのかわからないけれど、背中《せなか》がふるえていた。

その気持ち……わかる。

いっしょうけんめいなのに、体がついていかない。

やろうっていう気持ちはあるのに、できない。

心が折れそうになって、つらい。

くやしくて、くやしくて、自分をゆるせない。

「ロボ……」

手をのばしたサリナの声もつまって、タオルで顔をおさえた。

ネコも、顔を真っ赤にして、目をつぶっている。

こんなの、ちがう。

何かが、ちがう。

みんないっしょうけんめいなのに、心はバラバラだ。

このままじゃ、みんなの気持ちがこわれてしまいそう……。

あたしは、不安でたまらなかった。


「いたたたた……」

毎日、いろんなところが筋肉痛《きんにくつう》になった。

「いやねぇ、湿布《しっぷ》の匂《にお》いをぷんぷんさせて」

お母さんが、あきれたようにいう。

「いったい、どんな練習をしたら、こんなふうになっちゃうわけ？」

そういいたくなる気持ちもわかるけど……。

家に帰るとぐったりで、ご飯を食べている途中《とちゅう》で寝《ね》てしまいそうになることもある。

お風呂《ふろ》の中で寝《ね》て、おぼれそうになったこともあった。

「まぁ、あんなに体のかたかった一歩《かずほ》が、百八十度に開脚《かいきゃく》できるようになったんだから、大したもんよね。わたしもダンス、またやろうかしら」

ストレッチをしているあたしを見て、お母さんがのんきにいう。

そっか……。そうだよね。

ダンスをはじめたころは、開脚もブリッジもできなかった。

でも、いまはくらべものにならないほど体がやわらかくなったし、背中《せなか》をそらしてブリッジしたあと、立ちあがる筋力《きんりょく》もついた。

それは、練習してきたから。

とにかく、練習するしかない。どれだけ練習したかで、結果がでるのだと、佐久間《さくま》先生もいっていた。

あたしは、もう一度ストレッチをした。

ラインダンスのステップには、いままでやったものもあれば、新しいものもある。

「つぎ、スポンジボブのステップ、いくよ!」

佐久間《さくま》先生が、カウントをとる。

スポンジボブも、新しいステップだ。スポンジボブっていうのは、アメリカのアニメにでてくるキャラクターで、そこから名前がついた。

片足《かたあし》をまげて軸足《じくあし》のうしろへ持っていったら、軸足でワンステップすると同時に、あげていた片足をキックする。キックした足をつぎの軸足にして、もう一方をまげて軸足のうしろに……をくりかえす。

単純《たんじゅん》だけど、この動作をリズムにあわせてすばやくすると、楽しいしかっこいい。音楽にも乗りやすいから、いつまでもステップをふんでいたくなる。

「そろそろ、休憩《きゅうけい》にしようか」

佐久間先生は、決してむりをしないこと、かならず休憩を入れてやることを、あたしたちにくりかえしいった。

ダンスは全身運動だから、水分も大量に必要だし、何か食べてもすぐにお腹《なか》がすいてしまう。

そんな愚痴《ぐち》をこぼしていたら、ある日お母さんが、公園の練習にやってきた。

「ほら、これ、差し入れよぉ！」

手には、袋《ふくろ》にいっぱいの焼きいも……。

つかれきっていたみんなが、きょとんとした顔になる。

「ちょっと、お母さん！　どうして焼きいもなの⁉」

あたしははずかしくて、顔を赤くした。

「おいしいし、栄養《えいよう》もあるし、あったまるし、いいじゃない。ねぇ、みんなも好きでしょう？」

「はい！　ありがとうございます！」

サリナが、笑顔でいう。

「うちも焼きいも、好きにゃ～！」

「ぼくも！」

それまで、苦しそうだったみんなの顔が、ぱっと明るくなった。

「……ありがとうございます」

ミッキーがおずおずいうと、「アニキ〜！」と、双子《ふたご》の弟たちが走ってきた。

「さっき電話があって、母ちゃんが、飲み物を持っていってやれってさ！」

そういって、レジ袋《ぶくろ》をさしだす。

「わぁ、ありがとう！」

持ってきた飲み物をぜんぶ飲んでしまったあたしは、喉《のど》がカラカラだった。

さっそく、ペットボトルのふたをプシュッと回すと……。

「わ、バカ！」

ミッキーが叫《さけ》ぶと同時に、泡《あわ》がぴゅーっとふきだした。

「きゃあぁ！」

あたしの顔に炭酸《たんさん》がふきかかって、みんなが爆笑《ばくしょう》した。

「こいつらが、レジ袋をふりまわして走ってきたから、いやな予感がしたんだよなぁ……」

ミッキーが、ぺしっと弟の頭をはたいたけれど、当の本人たちはケラケラとわらっている。

あたしはなさけない気持ちでいっぱいだった。でも、みんなの笑顔を見ていると、つられてわらってしまった。

ああ、ひさしぶりに、こんなにわらった気がする。

それからも、ロボのおじいちゃんがバナナを持ってきてくれたり、バレエ教室での練習では、サリナのお母さんがおにぎりを用意してくれたり、ネコのお母さんがドーナツを焼いてきてくれたりした。

その度に、笑顔がふえていった。

あたしたちは、いっしょうけんめいになりすぎて、周りが見えなくなっていたのかもしれない。

自分たちだけで、がんばらなくちゃって……。

でも、家族のみんなもちゃんと見ていて、応援《おうえん》してくれている。

そのことに気がついて、ふっと肩《かた》の力がぬけた気がした。みんなも同じ気持ちみたいで、ぎすぎすした空気が消え、いい雰囲気《ふんいき》になってきた。

「ねぇ、きょうは、録画したダンスをはじめから見てみない？」

サリナのバレエ教室で、ロボが提案《ていあん》した。

「うーん、あと、一週間しかないし……」

あたしは、少しでも多く練習したいと、あせってしまう。

「でも、もう一度動きを確認《かくにん》したほうが、どこを集中的に練習したらいいか、わかると思うんだ」

ロボの言葉に、みんながうなずいて、見ることにした。

最初のころの映像《えいぞう》が、流れはじめた。

みんなの顔がかたい。動きもバラバラで、まだステップさえおぼえていないのがよくわかる。

でも、きのう録画したものを見ると音楽にも乗れているし、うまくなっていてホッとした。

「最初のロボットダンス、いい感じだな」

「うん。何がはじまるんだろうっていう期待感がある」

ミッキーがいって、みんなもうなずく。

「でもステップは、もうちょっとそろったほうがかっこいいよね。足ばかりじゃなく、手のほうも気をつけてさ」

サリナのいう通り、ラインダンスやフォーメーションダンスは、もうひと息だ。

そしてやっぱり問題は、見せ場のダブルターンとブレイクダンス。

「サリナ、うまいよね……それにくらべてあたしは」

はぁっと、ため息がでる。

「わたしはもともとバレエをやってたんだから、当然でしょ?」

サリナが、怒《おこ》ったようにいった。

「でも、イッポもネコも、ずいぶんうまくなったよ。もう少し胸《むね》をはって、腕《うで》がさがらないように意識《いしき》するだけでもちがうと思う」

いわれてみれば、そうかも。あたしとネコは、何度ももどして、できてないところをチェックした。

「ロボのブレイクダンスも、ずいぶんよくなったけど……」

ミッキーがいうと、ロボの顔が緊張《きんちょう》した。

「腕で体を回すところまではいいんだけど、最後に回りながら立つところが……。ほら、ここのところ、同じタイミングで立てたら、もっとよくなる」

「ホントだ。ぼくが少しおそいね」

「オレもなるべくあわせるようにするから、お互《たが》いの動きに気をつけよう」

そういって、ミッキーとロボがうなずきあった。

「女子のダブルターンもいい感じだな。ただ……」

「え？　何？」

サリナが、不安そうにききかえす。

「ターンしたあとのポーズ。ここが、ふつうっていうか」

ミッキーが、いいにくそうにいう。サリナにまかせるといった手前、口をだしにくいのかもしれない。

「わたしは、これでいいと思う。これくらいじゃないと……」

サリナは、途中《とちゅう》で口を閉《と》ざした。

気になるけれど、ミッキーはわかったというように目をふせる。

「あと、表情《ひょうじょう》もそろえよう。ひとりずつおどるところは、ロボットっぽく無表情に。あとは、笑顔で元気におどって、変化をつけよう」

ミッキーのいうことを頭の中にたたきこんだ。

「ステップや動きばかりに気をとられていたら、心が伝わらなくなるからな」

「心？」

あたしたちは、首をかしげた。

「ダンスはパフォーマンスだ。見ている人に何も伝わらなきゃ、意味がない。オレたちの全部を見てもらわなくちゃ」

ぶつかって、なやんで、苦しんで、弱さをさらして、立ち直って……。

いいところも悪いところも、全部見てほしい。

「よし、じゃあ、もう一度通しておどろう！」

ミッキーのかけ声に、みんながパッと立ちあがる。

最後の仕上げだ！

イッポ&サリナの熱血ダンスレッスン

DANSTEP《ダンステップ》

スポンジボブ編《へん》
Level ★★★

左足を軽く横にあげて
右足で立つ姿勢《しせい》から
スタート!

① その場で軽くジャンプ、右足をおへその真下へよせるように着地。左足はうしろにまげる。

② 右足でジャンプ、左足を横に大きくひらきながら着地。

③ 左足で軽くジャンプ、左足をおへその真下へよせるように着地。右足はうしろにまげる。

④ 左足でジャンプ、右足を横に大きくひらきながら着地。

①〜④を同じ速度でくりかえして。
速い速度でできるようになると、かっこいいよ!

6 予選大会とミッキーの告白

予選大会、当日。

会場は、大きな市民ホールだった。二階席まであって、本格的《ほんかくてき》。照明も設備《せつび》も、いままでやったどの場所よりも立派《りっぱ》だった。

いよいよ、練習の成果を見せるときだ。

「これまでやった力をだしきるんだよ」

佐久間《さくま》先生が、あたしたちの顔を見回した。

ネコが作ってくれた衣装《いしょう》は、すっごくかわいい。

つるっとしたサテン生地にスパンコールを散りばめて、片方《かたほう》だけ肩《かた》をだした、そでのないトップス。首にはおそろいの生地で作られたチョーカー。スカートは、ふんわりしたシフォン生地に、星のスパンコールがぬいつけられている。

男子のほうは、タンクトップにサテン生地のそでなしジャケット。手首にはおそろいの生地で作ったリストバンド。ハーフパンツにも星のスパンコールがついていた。

女子と男子でちがいはあるけれど、いろんなところに共通点があって、一体感がある。

「こんなステキな衣装《いしょう》が作れるなんて、すごいなぁ」

あたしとサリナがきゃあきゃあいいながらほめると、ネコは顔を赤くした。

「ダンスの衣装は、ただ目立てばいいってもんじゃないにゃん。動きやすさや、テーマや、チームらしさを意識《いしき》しないとダメだって……そういうの、すごく勉強になった。ありがと」

ネコが、ぐすっと鼻をすするからびっくりした。

「やだ、お礼をいうのはこっちだよ！」

「そうだよ。ネコのおかげであたしたち、すごく助かって……」

サリナとあたしが、あわてていう。いままでのことをふりかえると、あたしまで涙《なみだ》がでそうだった。

「はじめは、ダンスなんて興味《きょうみ》なかった。正直、ちっとも期待してなかったにゃん……。でもね、みんなとダンスできて……ほんとうに、すっごく楽しかった！」

そういって、ネコはとびきりの笑顔を見せてくれた。

ネコをメンバーにさそったのは、あたしとサリナだ。クラブに入ってなくて、運動神経《しんけい》がよさそうなネコに目をつけて、サリナが説得した。「ダンスっておもしろいよ！」って。

そのネコが、洋裁《ようさい》に興味があるってことを、仲間になってはじめて知った。仲間にならなかったら、ずっと知らなかった。

「つぎは、髪型《かみがた》！」

ネコは、スタイリストみたいに髪型もアレンジしてくれる。

サリナは、アイロンで細かいウエーブをつけて、高い位置《いち》でアップにする。あたしは、黄色や緑のカラーエクステをつけたポニーテール。ネコは、肩《かた》までの髪にシフォン生地のバンダナをきゅっと結んだ。うすくお化粧《けしょう》までして、ちょっと照れくさい。

ロボはムースで髪《かみ》を逆立《さかだ》てて、ミッキーも毛先を散らす。ふたりとも、かっこよく見えた。

いつもだったら、お互《たが》いにほめたり照れたりする場面だけど、そんなよゆうはなかった。

朝からずっと、ふりつけの復習《ふくしゅう》をくりかえしている。それでも、不安でしかたない。途中《とちゅう》で忘《わす》れてしまったらどうしよう……。

本番は、一回だけ。失敗したら、二度とやり直せない。

プレッシャーに、負けてしまいそうだった。

「動きがかたいなぁ。その調子で、ロボットダンスをしたらいいんじゃないか？」

ギクシャクとぎこちない動きのあたしを見て、ミッキーが冗談《じょうだん》をいう。あたしは「ひどい！」といいながら、少しだけ肩《かた》の力がぬけるのを感じた。

開会式がおわって、自分たちの番になるまで、観客席で他のチームを見ることになる。ファーストステップは、三十二チーム中、七番目のエントリーだった。

一番目のチームのダンスがはじまる。

低学年が中心のチームだったけれど、小さいながらにがんばっている。その姿《すがた》がほほえましくて、会場からも笑いがおきた。

二番目のチームは、どこかのダンス教室のチームで、大会の常連《じょうれん》みたい。応援団《おうえんだん》まででついていて、盛《も》りあがっていた。

「右から五番目の人、すごい」

あたしがつぶやくと、ミッキーがこそっと答える。

「うまいけど、アイツばっかり目立ってて、他がかすんでる。チームの一体感がない」

なるほど……。そうかも。ひとりだけうまくてもダメなんだということが、他のチームを見ているとよくわかる。

三番目は、たったふたりの女の子チームだった。髪《かみ》を細かく三つ編《あ》みしたドレッドヘアに、お化粧《けしょう》もばっちりで大人っぽい。

「うわぁ」

サリナの口が、ぽっかりとあいた。

ふたりは、まるで双子《ふたご》みたいに息があっている。ふたりともダンスのレベルが高くて、体がやわらかい。衣装《いしょう》もおしゃれで、ステップが軽やかだった。

四番目以降《いこう》のどのチームも、自分たちが勝つんだという気合いが伝わってくる。

ドキドキが、マックスになった。

「ファーストステップ、用意してください」

スタッフに声をかけられて、あたしたちは舞台《ぶたい》の裏側《うらがわ》に回った。

前のチームがおどっているのが舞台のそでから見えるけれど、もう冷静《れいせい》に分析《ぶんせき》することなんてできない。

いのるような気持ちで、胸《むね》の前で手をにぎった。

どうか、失敗しませんように……。

力をだしきれますように……。

「みんな、だいじょうぶ。あんなに練習したんだもん」

佐久間《さくま》先生が、ひとりひとりの肩《かた》をたたく。

「もう、後にはひけないな」

ミッキーが、力強くいった。

「当たり前でしょ。勝って本大会にいくんだから」

サリナが、ニヤッとわらう。

「輝《かがや》く星になるにゃー！」

ネコが、衣装《いしょう》の星を指さした。

「ブレイクダンス、絶対《ぜったい》に決めるから」

ロボは、気合いを入れてコンタクトレンズに変えている。

あたしは……。

「あたしも、がんばる！」

なさけないけど、それしかでてこなかった。

がんばった成果をだしたい。ださなくちゃ。

「じゃあ、いくぜ」

ミッキーが、片手《かたて》を真ん中にだす。

あたしたちも手のひらを重ねた。じゃまにならないように、小さい声でいう。

「ゴー、ファイト、ファーストステップ！」

天井《てんじょう》に手をつきあげた。

五人が思い思いのかっこうで、舞台《ぶたい》に立つ。

それぞれに、スポットライトが当たった。

コンピューターのような機械音が流れだす。

サリナが、アイソレーションでエイトカウントをおどっているはずだけど、あたしはまだ、両手をだらりとさげたまま、じっとしている。

ロボ、ネコにつづいて、ミッキーが動きだす気配を感じた。

あたしの番だ。表情《ひょうじょう》は、ロボットのようにかたいまま。ぎこちなく体をおこし、腕《うで》をあげ、足を回し、首をかしげる。

一瞬《いっしゅん》舞台が暗くなって、バッテリーが切れたように、五人の体が沈《しず》みこむ。

そこから一気に明るくなり、「Be《ビー》 Happy《ハッピー》!」の曲が流れだす。「Be Happy!」のリズムは軽やかで、ハッピーで、だれもが笑顔になれるような曲。

一列になって、笑顔でクラブステップ、ポップコーン、ランニングマン。

となりは気にしない。自分のおどりを音楽に乗せればそろうはず。
自分を信じる。みんなを信じる。
ファーストステップのみんなとおどっていると思うだけで、楽しくて、笑顔になれる。
客席からも、笑顔が見えた。
ステップをふみながら、縦《たて》、横、ななめ、V《ブイ》字フォーメーションへと変化させていく。
フォーメーションが変わるたびに、客席から歓声《かんせい》がわいた。
男子、女子で左右にわかれる。
ミッキーとロボが、「さぁ!」というように、左手を胸《むね》にあて、右手をさしだす。
サリナ、ネコ、あたしは、ダブルターンで前にでた。
一回転、二回転……。両手を広げ、片足《かたあし》をうしろに、ピシッとポーズを決めた。
拍手《はくしゅ》がおこる。
交代して、女子が男子に向かって左手をさしだすと、ロボとミッキーが床《ゆか》に片手《かたて》を

つき、体を回しはじめた。

ウインドミルという、ブレイクダンスの技《わざ》。

両手を交互《こうご》についいて、足をふりあげながら、勢《いきお》いをつけて背中《せなか》で回る。

回りながら、ミッキーとロボが同時に立ちあがると、「おおっ」といううなり声と拍手《はくしゅ》がわいた。

また一列になって、ステップをふんだ。

スポンジボブ、ブルックリン……。ステップをふむたびに、思い出がよみがえる。

となりなんか見なくても、いっしょなんだと信じられる。

つながるって、きっとこういうことなんだと、心から思った。

髪《かみ》をふりみだし、汗《あせ》をとび散らせ、仲間を感じる。

音楽に身をまかせ、自由を求め、ハイな気分になっていく。

ラスト、中央に集まってポーズを決めた。

おわった。

はぁはぁと息は切れるけど、つかれてはいなかった。

まだまだ、ずっとおどっていたい気分。

「最っ高だな！」

ミッキーのさわやかな笑顔がとびこんでくる。互《たが》いに手をあげて、ハイタッチ。

あたしたちは五人ならんで手をつなぐと、高々とその手をあげて、客席に向かって頭をさげた。

「ありがとうございましたっ」

気持ちが高ぶって、涙《なみだ》がこみあげてくる。

「泣くなよ」

ミッキーの手が、あたしの頭をぐいっとひきよせる。

それはほんとうに一瞬《いっしゅん》のできごとで、だれも気づかないくらいだったと思うけど……。あたしのドキドキは止まらなかった。

佐久間《さくま》先生が、「よくやった！」とでむかえてくれる。

「いままでの中でも、一番の出来だったよ」

そういわれたら、悔《く》いはないと思った。

客席にもどって、他のチームのダンスを見ている間も、魂《たましい》がぬけたようにボーッとしてしまう。全力をだしきったという感じ。

気がつくと、すべてのチームがおわっていて、結果発表になっていた。

「これで、三十二チームすべてのダンスがおわりました。みなさん、すばらしいダンスばかりで、審査員《しんさいん》も迷《まよ》いましたが、この中から十チームが、本大会にでられることになります」

ざわめきの中、目をつぶって手をあわせている子が、何人もいた。

みんなこの日のために、どんなに練習してきたんだろう。

でも、あたしたちだって……。

毎日、体がぎしぎしと音を立てるほど練習してきた。

だから、絶対《ぜったい》に勝ちたい！

「本大会に進む一組目は、『チーム、スピカ』！」

「きゃあ！」っていう悲鳴のような歓声《かんせい》があがり、ふたりでおどっていた女の子たちが抱《だ》きあって喜んだ。

あたしは目をつぶり、指が白くなるほど、きつくにぎりしめた。

「二組目……『大山《おおやま》ダンススクール』！」

今度は、「うわぁ！」と、大人数のチームが一斉《いっせい》に立ちあがった。その場でとびはねて、喜びの振動《しんどう》が伝わってくる。

エントリー順《じゅん》じゃない。チーム名が、ランダムに発表されている。

つぎつぎと呼《よ》ばれていったけれど、ファーストステップの名前はあがらなかった。

「最後は……」

ああ、神さま！

目をつぶって、両手をにぎりしめる。

もう二度と、寒いとか、めんどくさいなんていいませんっ。

もっと、いっしょうけんめい練習しますっ。

それから、それから……。

「イッポ、イッポったら！」

サリナが、あたしの背中《せなか》をたたいた。

「何やってんのよ！　はやく立って！」

え……？

「ほら、呼《よ》ばれたんだよ、わたしたち！」

うそ……ほんとう？

肝心《かんじん》なところをききのがしたあたしは、サリナとネコにひっぱられても、まだ信じられなかった。

うそでしょ？　だって、ちっともきこえなかったよ。

緊張《きんちょう》しすぎて、きこえなかったの？

一組目から、賞状《しょうじょう》と予選通過《つうか》のメダルがわたされた。

サリナが受けとった賞状には「チーム　ファーストステップ」と書かれていた。

「みなさん、よくがんばりましたね。ちょっと、感想をきいてみましょう」

司会の人が、ならんだ人につぎつぎとマイクを向けた。いきなり、あたしの前につきだされる。

「自分では、何点くらいの出来でしたか？」

「えっと……、えっと……。これ、夢《ゆめ》じゃないんですか⁉」

あたしがいうと、会場の人がどっとわらった。

へなっと力がぬけそうになるあたしの体を、ネコとサリナが支《ささ》えてくれる。

「はい、夢じゃないですよ。みなさん、本大会は、一か月後です。どうぞ、優勝《ゆうしょう》をめざしてがんばってください！」

大きな拍手《はくしゅ》がわいて、予選大会は幕《まく》を閉《と》じた。

予選を通ったチームとは、「がんばろうね！」と、互《たが》いにエールを送りあい、予選を落ちたチームからは、「ダンス、よかったよ」「優勝してね」と、声をかけられた。

勝っても負けても、みんなの笑顔は清々《すがすが》しかった。


予選大会からの帰り道、外はもう夕焼け空だった。

興奮《こうふん》した体に、冷たい風が心地いい。

「今度の大会、テレビ中継《ちゅうけい》もあるって！　うちの衣装《いしょう》が全国に流れるにゃ～！」

ネコは、ダンスよりも衣装のほうが気になるみたい。

「ミントブルーのみんなにも会えるってわけだよね！　ぼくらの知り合いだし、いい点数入れてくれるかなぁ」

ロボがいうと、サリナがひじでドンッとおす。

「何を甘《あま》いことといってんの！　審査員《しんさいん》は全部で十人。ミントブルーは五人グループだけど、一票分の権利《けんり》しかないの！」

「そうなんだ……」

あたしたちの気持ちは、もうつぎの本大会に向いていた。

あと一か月で、さらにダンスに磨《みが》きをかけなければいけない。

「ねぇ、あたしたちのダンス、ほんとうによかったのかな？　たまたま、ぐうぜん選ばれただけじゃない!?」

あたしは不安でしかたなかった。ちゃんとおどれたのも、選ばれたのもぐうぜんだとしたら、本大会なんてとてもむり……。

「あのなぁ！」

ミッキーが、眉《まゆ》をよせる。

「大会に、たまたまもぐうぜんもないんだよ。実力が結果にでるだけだ。そんなこといって、落ちたやつらに申《もう》し訳《わけ》ないと思わないのかっ」

しかられて、あたしはハッとした。

そうだよね……。

みんな、あたしたちと同じくらい、もしかしたらそれ以上に練習してきたはず。それを、たまたま、ぐうぜんそうなったなんていわれたら、たまらないだろう。

「……ごめん」

「もっと、自信を持てよ。胸《むね》をはって、プライドを持ってさ」

そういうミッキーは、なぜかとてもやさしかった。いままできびしかった分、よけいにそう感じるのかもしれない。

佐久間《さくま》先生とあたしたちは、地元の駅で電車を降《お》りた。

改札《かいさつ》をでると、「アニキー！」といって、ミッキーの双子《ふたご》の弟がかけよってきた。

「いま、帰りか？」

「勝ったか？」

「当たり前だろ」

うれしそうにミッキーがいうと、「やった〜！」と、ふたりはハイタッチした。

「これで、心置きなく引《ひ》っ越《こ》せるな！」

「オレたちも転校する前に、あやに告白しなくちゃな！」

そういって、走り去っていく。

あたしたちは唖然《あぜん》として、目をぱちくりさせた。

「ミッキー……。引っ越しって？」

サリナがきくと、ミッキーは顔をふせた。

引っ越し？　何のこと？

「ごめん。ほんとうは、もっとはやくいおうと思ってたんだけど……」

そういって、ひと呼吸《こきゅう》おく。胸《むね》が、ドキドキした。

「オレ、転校することになった」

……え？

転校？

「うそ！　どうして⁉」

サリナが叫《さけ》ぶ。

「いつだよっ」

ロボがきくと、ミッキーはしぶしぶ答えた。

「三月末に引《ひ》っ越《こ》すって」

「どこに⁉」

「山梨《やまなし》……。大会までは、いる予定だけど」

くらりと、めまいがした。

「やだにゃ〜！　うちら、こんなに仲良くなれたのに！」

ネコが、ぼろぼろと涙《なみだ》をこぼして腕《うで》でぬぐっている。

「みんなとダンスするのが楽しくて……、いえなかったんだ」

「六年生になっても、ずっといっしょにおどれると思ってたのに……」

声をしぼりだすように、サリナがいう。

「親の仕事の都合で、しかたないんだ。だからオレ、今回の大会で、どうしても勝ちたかった。少しでも長く、みんなとおどっていたかったから」

あたしの思考が停止していた。

山梨《やまなし》？　そんな遠くに……。

何を考えていいか、わからない。

「きょう勝てて、すっげぇうれしかった。みんな、ありがとう」

ミッキーが、頭をさげる。みんな、どう答えていいかわからずに、たたずんでいる。

だからあのときも、頭をさげて、「たのむ」って……。

ミッキーの必死さや、やさしさの理由がわかった気がした。

あたしの体が、どんどん熱くなっていった。

心の底から、むくむくと怒《いか》りがわいてくる。何に対してだかわからない。たぶん、目に見えない、圧倒的《あっとうてき》なもの……運命。

「佐久間《さくま》先生は、知ってたんですか!?」

怒《いか》りの行き場がなくて、思わず佐久間先生に向けた。

佐久間先生が、唇《くちびる》をかみしめてうなずく。

「オレが、みんなにはだまっててほしいってたのんだんだ。クラスのやつらにも、ぎりぎりまでだまっててほしいって」

怒りの矛先《ほこさき》が向かないように、ミッキーが佐久間先生をかばう。

「そんなっ」

行き場をなくした怒りが、宙《ちゅう》でパンッとはじけた。

あたしは背中《せなか》を向けて、走りだしていた。


頭の中が、空っぽだ。

涙《なみだ》もでないし、夢《ゆめ》の中にいるみたいに、目に映《うつ》るものすべてがもやもやしている。

家に向かって歩いていると、だれかが追いかけてきた。

ミッキー？

でも、ふりむく気になれない。

なんて声をかけたらいいか、わからないから。

「……イッポ」

話しかけないでほしい。

「怒《おこ》ってるのか？」

ミッキーの声をきくだけで、苦しかった。

「でも、まだ一か月あるし……」

一か月……たったの一か月しかないじゃない！

まるで、現実味《げんじつみ》のないことばかり。

ファーストステップが解散《かいさん》して、ミッキーも引《ひ》っ越《こ》して……。

とても、受けとめきれない。

あたしの頭が、体中が、信じたくないといっている。

こんなの、うそだ！

すべてを打ち消したくて、勝手に口が動きだす。

「転校って、大変なんだよね……。ほら、あたしも転校してきたから、よくわかるんだ。ミッキーは口下手だから、よけい苦労すると思うよ～」

あたし、何いってんの？

「あと一年で卒業《そつぎょう》だっていうのに、運が悪いよねぇ。あ、でも、弟たちも途中《とちゅう》で転校ってことか。かわいそうに！」

ちがう自分が、ぺらぺらと勝手にしゃべっている。

そういえば、双子《ふたご》の弟たちも、好きっていうかどうか、ケンカしてたっけ……。

いっしょに音楽を選んでいたあのときから、ミッキーはだれにもいえずになやんでたんだ。

「イッポ……」

ミッキーの顔が、切なそうにゆがむ。

「ミッキーに『イッポ』って呼《よ》ばれるのも、あと少しかぁ！　おぼえてる？　最初は、オマエなんていって、なかなか呼んでくれなくて……」

がまんしてたのに、はじめて「イッポ」と呼ばれたときのことを思いだしたら、ボロッと涙《なみだ》がこぼれ落ちた。あのときは、あたしのダンスを認《みと》めてもらえたみたいで、すごくうれしかったんだ。

「あ……。なんか、お腹《なか》すいちゃった！　じゃあね！」

あたしは、ミッキーを置いて走った。

涙が、ボロボロとほおをつたう。

悲しくて、苦しくて、息ができなかった。

7 あたしの決断《けつだん》

つぎの日の朝はランニングもなくて、ひさしぶりにだらだらと布団《ふとん》の中にいた。

めざめると、体が重くて動かない。泣きながら寝《ね》たせいか、目がはればったかった。

「一歩《かずほ》～、おきなさーい！」

お母さんが呼《よ》んでいる。最近、ずっと自分からおきていたはずなのに、きょうはそんな気になれない。

のろのろとおきて、顔をあらって、朝ごはんを食べる。

テレビの音も、お父さんやお母さんの話し声も、ききたくない。

「ねぇ、大会で勝ったんでしょう？　どうして落ちこむの？」

お母さんにきかれても、返事をしたくなかった。

家であれこれきかれるのもうっとうしくて、あたしはランドセルを背負《せお》って学校に向かった。

とぼとぼと、歩く。

世界から、色が失われたよう。

白黒写真みたいに、味気なくて、のっぺりしている。

「おはよう」とだれかに声をかけられても、うまく返事ができなかった。

教室に入ると、ミッキーと目があった。あたしはさっと目をそらし、急いで席にすわった。教科書を引き出しに入れていると、ミッキーがこっちにやってくるのが見えて、あわてて立ちあがる。逃《に》げるように、ろう下にとびだした。

あたし……感じが悪い。

でも、心の整理がついてない。どう接《せっ》していいかわからない。

サリナも、ネコも、ロボも、あきらかに落ちこんでいた。

それでも、お互《たが》い話しかけることはなく、だまってやりすごす。口にだしてもしかたないと、みんなあきらめムードだった。

お昼休みまですごしたとき、サリナが声をかけてきた。

「ちょっと、いい？」

ネコとロボもさそって、体育館の裏側《うらがわ》に集まる。

「こんなんじゃ、つぎの大会、勝てないよ」

サリナの第一声に、あたしは思わず、ふっとわらってしまった。

「イッポ、何がおかしいの？」

「……サリナは、強いなと思って」

こんなときにも、ダンスのことを考えている。あたしには、とても……。

「じゃあ、このままでいいの？　タクヤくんたちにみっともないダンスを見せて、予選大会で落ちた人たちとの約束もやぶるの!?」

あたし、ネコ、ロボは、うつむいた。

サリナのいうことは、わかるけど……。

「だって、ショックだにゃ」

「ぼくも。とてもダンスをする気になんて」

サリナは、「だから!」といって足をふみだした。

「ミッキーは、こうなるってわかってたから、わたしたちにいえなかったんじゃないの? わたしたちがこんなだから……。ミッキーは自分のせいで、勝てなかったら悪いと思って……」

サリナが、声をおしころして「うっ、うっ」と泣いた。

「ミッキーが、かわいそう。一番つらいはずなのに」

サリナのさけび声に、胸《むね》をドンッとつかれた気分だった。

あたしは……、自分のことしか考えていなかった。

自分をかわいそうがって、心のどこかでミッキーをせめて、こんな運命をのろって。

ミッキーは、もっとつらいのに。

転校という不安な中、仲間とはなれて、せっかく仲良くなれたクラスのみんなとも別れることになって……。ダンスもまた、ひとりでやることになるかもしれない。

「わたしは、勝ちたい」

サリナが顔をあげる。もう泣いてはいなかった。

「ファーストステップの最後の舞台《ぶたい》、勝って、ミッキーを見送りたい」

「サリナ……」

「そのために、わたしたちに何ができるかを、考えなくちゃいけないと思うの」

何ができるかって……。あと、一か月しかないのに？

「ぼく……やるよっ」

ロボが、顔をあげた。

「ミッキーとのブレイクダンス、ぼくにあわせて、ミッキーが実力をだしきれてないのを知ってる……。だから、ミッキーが全力をだせるように、もっとがんばるよ」

「うちらのダブルターンも、もっとよくなるんじゃないの？」

手のひらで顔をあらうように、ネコが涙《なみだ》をぬぐった。

「サリナにあわせられるように、うちもがんばる！」

ネコまで、そんなことをいいだす。

「うん。もっともっとがんばって、悔《く》いのないダンスにしよう。それで、優勝《ゆうしょう》しよう！」

サリナの言葉に、ネコとロボがうなずいた。

三人が、「イッポは？」というように、あたしのほうを見る。なさけないけど、三人みたいに気持ちを切りかえられない。

「……ごめん」

そういうので、精《せい》いっぱいだった。


体育館での練習も、ぎこちないものだった。

「ミ、ミッキー、ぼく、ブレイクダンス、がんばるからっ」

「え？」

「ミッキーは、全力でおどっていいからさ。回転速度も回数も、あげていこうぜぇ！」

明るくいうけれど、ロボの顔はひきつっている。

実際《じっさい》、回ってみてもうまくいかなくて、「あれ？　おかしいなぁ」なんていって、アハハとむりやり笑顔を作っていた。

「うちも、みんなをあっとおどろかせるっ」

ネコはマットをひっぱりだしてきて、ダンスそっちのけで、バック転やバック宙《ちゅう》を

している。

「ふたりとも、いきなりがんばるとケガするよ！　みんな、やる気満々でこまっちゃうな」

怪訝《けげん》な顔をするミッキーに、サリナがいいわけがましくいった。

なんか、空気がおかしい。

ぎくしゃくして、みんならしくない。

がんばっても、がんばらなくても、以前のあたしたちにはもどれないんだという思いだけがこみあげてくる。

そんなあたしたちを見て、ミッキーは……。

「むりしなくても、ベストをつくせばいいさ」

そんなことをいう。

「何、それ……」

あたしはこぶしをにぎりしめ、体をふるわせた。

「そんなの、ミッキーらしくないじゃない！　どうして、ベストをつくせばいいなんていうの？　何がなんでも優勝《ゆうしょう》するって、どうしていわないのよ！」

あたしはランドセルをつかむと、体育館をとびだした。

「イッポ！」

サリナの声が追いかけてきたけれど、ふりむかない。

走って、走って、走りつづけて、気がついたらどんぐり公園にきていた。

はぁ、はぁと、息を切らす。

ほおをつたっているのが、涙《なみだ》なのか、汗《あせ》なのか、わからなかった。

ランドセルを投げだして、勢《いきお》いよくブランコをこぐ。

もう、どうでもよかった。大会も、ダンスも、ミッキーも……。

すべてを忘《わす》れたくて乱暴《らんぼう》にこいだけれど、やがて勢いはおとろえ、ブランコは止まった。

靴《くつ》の先を見つめる。

あと、一か月しかないのに……。

あたしはずっと、こんなふうにすごすの？

友情《ゆうじょう》も、思い出も、すべてこわすの？

「イッポ……ここだと思った」

すぐ近くで、サリナの声がした。となりのブランコが、きしむ音がする。

「だいじょうぶ？」

あんなにひどいことをいって、みんなのやる気をぶちこわしたのに、サリナの声はやさしい。

「サリナ……。運命の神さまって、いると思う？」

下を向いたままきく。「え？」という、サリナの戸惑《とまど》った声。

「あたし、転校してきたとき、転校の理由は『運命です！』って答えたでしょう？

それで、みんな爆笑《ばくしょう》したんだよね」

そういうと、サリナはくすっとわらった。

「そうそう。でも、そんなイッポに、わたしも運命を感じたんだよ」

そうだ。みんなにわらわれて落ちこんでたとき、サリナだけは、「わたしも運命感じちゃう」なんていってくれて。

「あのときは、失敗しちゃったって思ったけど、いま思うと、転校してきたのはほんとうに運命だったんだって、思うんだよね」

「わたしも、そう思う」

サリナが答える。

「イッポが転校してきたおかげで、ダンスチームができて、わたしたちはつながれたんだもん」

そういってくれるのはうれしいけど……。

「でも、運命の神さまってひどいよ。みんなと出会わせて、ダンスの楽しさを教えておいて、いきなりそれをとりあげるなんて……こんなことなら」

「はじめから、ないほうがよかった？」

サリナにきかれて、あたしはだまった。

「わたしたちと、出会わないほうがよかった？　ダンスをしなければよかった？」

サリナはため息をついた。

「わたしは、そうは思わない。どんなにつらい未来が待ってても、みんなと出会えたことを後悔《こうかい》なんて絶対《ぜったい》にしない」

ひざの上に、ぽとっと涙《なみだ》が落ちた。

「あたしだって、そんなこと、思いたくないよ。でも、そう思わないと、苦しいんだもん。どうしていいか、わからないんだもん」

息をするのもやっとで、つぎつぎに新しい涙があふれてくる。鼻をすすると、サリナのあたたかい手が背中《せなか》にふれた。

「イッポ、ミッキーのことが好きなんでしょう？」

ドキンッとする。

「……知ってた？」

「みんな知ってるよ。知らないのはミッキーくらいじゃない？　あいつ、鈍感《どんかん》だから」

ぐっと、胸《むね》がつまる。いいわけをする気にもなれなかった。

「サリナぁ！」

あたしの口から、言葉があふれでる。

「あたし、どうすればいいの？　苦しくて、つらくて、ミッキーの顔も見れないよ」

サリナが、ポンポンとあたしの背中《せなか》をたたいた。

「イッポ、告白しちゃえば？」

「え!?」

涙《なみだ》が止まって、思わず顔をあげた。

「むり、むり、むり！」

あたしは、思いきり首をふった。

「相手はミッキーだよ？　好きっていって、わらわれたらどうする？　迷惑《めいわく》がられるかも……。きらわれたらどうしよう！」

つぎつぎに、マイナスの妄想《もうそう》ばかりがうかんできて、パニックになった。

「ちょっとイッポ、落ちついて！」

そんなあたしを見て、サリナはわらっている。

「ミッキーは、愛想《あいそ》ないけど、そんなに悪いやつじゃないよ。だれかの真剣《しんけん》な姿《すがた》を、わらったりきらったりしない」

それもそうかと、息をつく。

「サリナは、ミッキーのこと、好きじゃない、の？」

ほんとうは、前からずっと気になっていた。サリナはかわいくて、ダンスもうまくて、ミッキーと幼《おさな》なじみで気もあっている。ふたりが仲よさそうにしているのを見て、うらやましいと思ったことが、何度もあった。

「わたしがミッキーのこと!?」

サリナは、ぷっとふきだした。

「だって、ふたりはお似合《にあ》いだよ。サリナだったら、ミッキーだって好きだろうし……」

そういうとサリナは、はぁっと大きなため息をついて、おおげさに首をふった。

「イッポは何もわかってないよ。わたしとミッキーは、好きとかきらいとかないから。近すぎて、いいところも悪いところも知りつくしちゃってるからね」

「……そんなもの？」

「そうだよ。あ、でもひとつだけ、すごく好きなところがある」

「え！　やっぱり？」

「あいつのダンス」

サリナは、ふふっとわらった。

「わたしは、あいつのダンスが好き。ミッキーも、きっとわたしのダンスが好きだと思う。それだけ」

それだけ、か……。

でも、ミッキーにとって、ダンスという存在《そんざい》は大きい。それを考えると、ダンスがうまいサリナは、すごくうらやましい。

「あたしには、何も、ないから」

「そんなことないよ」

サリナが、正面に回ってあたしを見た。

「ミッキーは、イッポのおかげで、わたしたちとダンスがしたいって思えたんだもん。それに、イッポの歌だって大好きだよ」

あたしのおかげって……。あたしのほうこそ、ミッキーのおかげで、ダンスの楽しさを知ることができた。そして、また歌えるようになったのに。

「サリナ……。あたし、まちがってたかも」

あたしたちが出会ったのも、ダンスでつながっているのも、やっぱり運命だ。

だってあたしたちは、出会えたおかげで、ダンスのおかげで変われたんだもん。

「……ミッキーのために、最高のダンスをしなくちゃ」

サリナが、ゆっくりとうなずく。

「がんばろう」

あたしたちは、ぎゅっと手をにぎりあった。

8 新たな挑戦《ちょうせん》

サリナのおかげで、あたしは気持ちを切りかえることができた。

最高のダンスをして、ミッキーを送りだす。それには、どうすれば……。

あたしにできることは、もっとダンスの練習をすること。それ以外にできることがあるかな。

あたしはもう一度、大会の概要《がいよう》をチェックした。

審査基準《しんさきじゅん》は、ダンス自体の技術点《ぎじゅつてん》のほかに、衣装《いしょう》や表情《ひょうじょう》のビジュアル点、ふりつけや演出《えんしゅつ》を見るエンターテインメント点、音楽の選曲や編集《へんしゅう》を見る音楽点。それに全体的な総合評価《そうごうひょうか》……。

ほとんどわかるけど、ひとつだけぼんやりしているものがある。

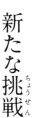

あたしは、佐久間《さくま》先生に確認《かくにん》してみようと思った。

つぎの日の昼休み、あたしは職員室《しょくいんしつ》にいる佐久間先生のところにいった。

「あの、佐久間先生、ちょっとききたいことが……」

「あー、いいところにきた！　そこにあるプリント、教室に持っていっといて！」

テストの採点《さいてん》をしている佐久間先生は、顔もあげないで、プリントの束を指さした。

「えっと、そうじゃなくて、質問《しつもん》が……」

「質問？　何の？　算数の質問なら、授業《じゅぎょう》のあとに……」

「そうじゃなくて！」

大きな声でいうと、やっと佐久間先生は顔をあげた。

「あ、イッポ。どうしたの？」

どうしたのって……。

「質問があるんです！」

「あっ」

佐久間《さくま》先生は口に手をあてて、赤ペンを置いた。

「そっか……そうだよね。質問《しつもん》って、告白のしかたとか？」

いきなりいわれて、あたしの顔がカッと熱くなった。

「こ、告白って……どうして！」

「あれ？　ちがうの？　だって、ミッキーが引《ひ》っ越《こ》すから……」

「いや、そうですけど、そうじゃなくて……。告白する前に、やることが……」

あたしは、しどろもどろに答えた。

ミッキーのこと、佐久間先生も知ってるなんて！

「とりあえずいまは、大会のことで質問です！　エンターテインメント点について！」

「エンターテインメント点？」

佐久間先生が、きょとんとした。

「そうです。大会の概要《がいよう》に書いてある、エンターテインメント点……。ふりつけはわかるけれど、演出《えんしゅつ》ってなんですか？」

「ああ、それね。うーん、なんだろう？」

佐久間《さくま》先生まで首をひねる。そしてガサガサとつくえの引き出しをあさりはじめた。

「あったあった。大会の詳細《しょうさい》……。あ、本大会で許可《きょか》されている演出《えんしゅつ》が別に書いてある」

え〜……。先生ったら、ちゃんと説明を読んでないなんて。

「演出で点数をかせぐチームなんて、あまりいないと思うけど……」

いいわけのようにいう。

「ってことは、演出で点数がかせげれば、他のチームより有利になるっていうことですよね!?」

「そうねぇ……」

佐久間先生は、あいまいにうなずいた。

先生も自信がないみたいで、「本大会説明書」と書かれた冊子《さっし》を開きながら読みあげる。

「いろいろ小道具が使えるみたいよ。たとえば、棒《ぼう》とかポンポンとか？　あとは照明を工夫《くふう》したり、煙幕《えんまく》を使ったりもOK《オーケー》。ダンスをより楽しく見せるための工夫なら、いいってことみたい」

小道具、照明、煙幕《えんまく》……？

ちょっと、想像《そうぞう》がつかない。

「くわしくは、この説明書に書いてあるから。用意してほしいものがあったら、事前に申しこんで、ＯＫ《オーケー》だったら使えるって。もちろん、何もしなくてもいいんだけど、ちょっとおもしろそうね」

さっきまで消極的《しょうきょくてき》だった佐久間《さくま》先生が、目を輝《かがや》かせている。

「みんなにも伝えておいて。あとこれ、持っていってね」

ちゃっかり、プリントの束をあたしの両手にバサッとのせた。

あたしは、説明書をすみからすみまで読んで、練習のときに持っていった。

きょうは、放課後に公園で練習をする。

あたしはみんなに、佐久間先生から預《あず》かった説明書を見せた。

「ふーん、いろいろ演出できるのかぁ」

サリナが、説明書をパラパラとめくる。

「楽しそうだにゃ！」

ネコが目を細めた。

「でも、いまさら考えるのもなぁ……」

ロボが首をひねる。

「そんなことより、まずはダンスだろ」

ミッキーのいうことはもっともだ。

みんな、あまり興味《きょうみ》はないみたい。あたしも、具体的にアイデアがあるわけじゃないから、あまり強くはいえなかった。

その日は、ステップの調整からはじまった。

クラブステップでは、つま先やかかとの角度をそろえ、ポップコーンやランニングマンでは、腕《うで》の位置《いち》やあげる足の高さもそろえた。

顔の向き、視線《しせん》……それらをあわせると、五人の一体感がもっとでる気がした。

「じゃあ、もう一回、最初から……」

サリナが音楽プレーヤーに手をのばすと、「おめでとう！」という声がきこえた。

「予選大会、よく通ったね。本大会できみたちのダンスを見れるなんて、うれしいよ」

タクヤくんだ。うれしそうに、にこにこしてやってくる。

「おまえ、ほんとうにアイドルか？　よほどヒマなんだな」

ミッキーが、顔をしかめる。

「失礼だな……。この近くにある撮影所《さつえいじょ》で収録《しゅうろく》があったんだ。知らない？　『仮面《かめん》の騎士《きし》』ってドラマ」

「あ、知ってる！　あれにでるの？」

ロボが、ミーハーな勢《いきお》いで食いつく。

「まったく、せっかく激励《げきれい》にきたのに……」

そういって、肩《かた》をすくめて帰ろうとするタクヤくんを、あたしは呼《よ》びとめた。

「タクヤくん、ちょっといい？」

「え？　何？」

「話があるの、向こうで」

あたしは、怪訝《けげん》な顔をするサリナたちをのこして、タクヤくんを公園のはしにつれていった。

「イッポ、どうしたの？　まさか、告白？　それはちょっと、こまるんだけど……」

「ちがう！」

思わず強くいうと、タクヤくんはすねたように口をつきだした。

「知ってるよ。どうせ、イッポはミッキーだろ」

「え〜！　どうして⁉」

タクヤくんまで知ってるわけ？

「見てればわかるよ。うちのメンバーも全員知ってるし」

「……そう」

知らないのは、ほんとうにミッキーだけみたい。

「それで何？　ぼくに、ミッキーの攻略法《こうりゃくほう》でもききたいの？」

ききたいのは山々だけど、そうじゃない。

「ううん。タクヤくんは、ミッキーが引《ひ》っ越《こ》すこと、知ってるのかなと思って」

「知らない」

あっさりと答えた。

「そうなの？　おどろかないの？」

「う～ん。ぼくは別に、もともとミッキーと同じ学校でもないし、家もはなれてるし、どこにいってもいままでと変わらないからね」

いわれてみれば、そうかもしれない。

「それに、アイツがダンスをつづけるかぎり、どこかでまた会えるだろうし」

ああ、そっか。タクヤくんとミッキーは、ダンスという強いつながりがあるんだ。

あたしは、どうだろう……。

そう思うと、あたしは何のためにダンスをしているんだろうという気持ちになる。

ミッキーがやっているから？

じゃあ、ミッキーがいなくなったらやらないの？

ううん、そんなことは……。

「でもまぁ、きみたちのさびしさはわからないでもないよ。だったら、今度の本大会で、ミッキーにサプライズの演出《えんしゅつ》をしてみたら？」

「サプライズ？」

「うん。ミッキーにないしょで、ミッキーが喜ぶような演出をするんだ。そしたら、記念にのこるラストダンスになると思うよ」

ラスト、ダンス……。

今度の大会が、みんなでおどる最後だと覚悟《かくご》を決めていたけれど、あらためて「ラストダンス」なんていわれると、胸《むね》がぎゅっといたむ。

「ねぇ、演出って、大切？」

タクヤくんなら、大会のことをいろいろ知っているはず。

「う〜ん。一番大切なのはダンスだけど、演出ってあまり注目しているチームがいないから、穴《あな》かもなぁ」

「穴って？」

「つまり、点数をかせげるポイントかもっていうこと。ダンスが同じレベルだったら、演出で点をとったほうのチームが勝つだろう？」

「ああ、なるほど！」

そういうと、タクヤくんは口をおさえた。

「審査員《しんさいん》と出場者がこんな話をするなんて、まずいよなぁ。じゃあ、本大会で！」

タクヤくんは、逃《に》げるようにいってしまった。

その背中《せなか》を見送りながら、考える。

やっぱり、演出《えんしゅつ》を考え直してみたほうがいいみたい。

勝つためにも、ミッキーのためにも！


つぎの日の昼休み、あたしはサリナ、ロボ、ネコに声をかけた。タクヤくんにいわれたことを伝えて、もう一度演出を考える提案《ていあん》をしてみる。

すると、「それ、いいねぇ！」と、ロボが反応《はんのう》した。

「ぼくも、ミッキーに何かできないかなって思ってたんだ」

「うん、それにミッキーが一番喜ぶのは、優勝《ゆうしょう》だもん。勝つことにつながるなら、したほうがいいにゃん」

ネコも話に乗ってきた。

「そうだね。演出《えんしゅつ》、考えてみようか！」

サリナがいって、みんなもうなずいた。

「今回のテーマは『つながり』だから、それをダンスだけじゃなく、演出でも表現《ひょうげん》できたらいいと思うんだ」

あたしがいうと、

「ハイ！　ぼく、アイデアがある！」

ロボが手をあげた。

「ここに、『プロジェクターの使用可《か》』って書いてあるじゃない？　これなんか、いいと思うんだ。ダンスをしている最中に、画像《がぞう》や映像《えいぞう》を流して……」

「だったら、照明も工夫《くふう》しない？」

わいわいと、盛《も》りあがる。

みんなの笑顔が、うれしい。本気で優勝《ゆうしょう》をめざして、ミッキーのために全力をつくそうとしているのをひしひしと感じる。

そうだ、あたしだって……。

あたしにも何かできることはないか、自分で自分に問いかけた。

「……あっ」

思わず声がでて、みんながあたしを見た。

「イッポ、どうしたの？」

サリナがきく。

「あ、あの……歌」

「歌？」

あたしは、深く息をすいこんだ。

あたしにできること。あたしにしか、できないこと。

「予選のときに流していた曲を、あたしが歌うなんて……むりかな」

みんなが、「え？」って、顔を見あわせる。

「それ、考えてなかったなぁ」

「うん、アリかも。ファーストステップの特徴《とくちょう》は、イッポの歌にゃん」

「歌っておどるなんてチーム、めったにないもん！」

ロボ、ネコ、サリナが、口々にいう。

サリナは、急いで説明書のページをめくった。

「あった！　マイクを使ってもいいって！」

「イッポ、歌えるよ！」

サリナとロボも盛《も》りあがるけど、あたしはある大切なことに気がついた。

「そういえば、今回の曲は洋楽だった！　英語の歌を歌うなんて……」

あせるあたしの肩《かた》を、サリナがガシッとつかむ。

「ミッキーに、イッポの歌をきいてもらう、最後のチャンスかもしれないんだよ？」

「あ……うん」

サリナの迫力《はくりょく》におされる。

「うち、もう一度イッポの歌でおどりたいにゃ」

ネコとロボが、真剣《しんけん》な目でうなずいた。

「で、でも……」

おじけづいているあたしに、サリナがさらに、たたみかける。

「英語なら、うちのお姉ちゃんにレッスンしてもらえば？　アメリカにいるけど、インターネット電話を使えば、お金もかからないし」

みんなに見つめられて、あたしはごくっとつばをのんだ。

自分からいいだしたことだ。

迷《まよ》うけど……後悔《こうかい》はしたくない。

「あたし、歌うよ！」

うなずくと、わっと拍手《はくしゅ》がおこった。

「じゃあ、さっそくお姉ちゃんにたのんでおくね」

「あとの演出《えんしゅつ》は、ぼくたちにまかせておいて！」

みんな、あれほど落ちこんでいたのに……。こんなに盛《も》りあがって、もう前を向いている。

あたしも、落ちこんでばかりいられない。

ラストダンスに向かって、つっ走るんだ！

9 エリナさんと歌のレッスン

それから、ダンスの練習にくわえて、英語のレッスンまではじまった。

先生は、ニューヨークでミュージカルダンサーをしている、サリナのお姉さん、エリナさんだ。

インターネットっていうのは、つくづくすごいと思う。ソフトさえ入れれば、パソコンの画面を通して、ただでテレビ電話のように話せるんだから。

「グッモーニン、イッポ。ハウアーユー、トゥデイ！」

そんなハイテンションでいわれても……。

ニューヨークと日本の時差は、十四時間。向こうは朝だけど、こっちは夜だ。

練習でくたくたにつかれて、ねむくてしかたないというのに、エリナさんは元気いっぱい。

「レッツ、スタディ、イングリッシュ！　『Be《ビー》　Happy《ハッピー》！』は、アメリカでも大ヒットしたのよ。歌詞《かし》だってすてきなんだから！」

「……はぁ」

そういえば、夏合宿のとき、エリナさんに「イッポの恋《こい》も応援《おうえん》してるからね！」っていわれたことを思いだした。

エリナさんも、あたしがミッキーのことを好きだって、すぐに見ぬいちゃったんだよね。あたし、顔にそう書いてあるのかな。

あたしのことは気にもせず、エリナさんは説明をはじめる。

「『Be　Happy！』って、歌とダンスでつながろうっていう内容《ないよう》の歌なんだよ」

わぁ、あたしたちにぴったりかも。

「じゃあ、最初の部分から訳《やく》すね。いい？」

♪さぁ、おどろう

すべてうまくいくよ
さぁ、歌おう
みんなで輝《かがや》いて
信じていいよ
きょう悲しくても　あしたはちがう未来がまっている

「どう？　明るくていい歌でしょう？」

何度もうなずいた。ミッキーにも、歌ってあげたい……。

「うまく歌えるかな」

「ふふ、だいじょうぶ。きっと、上手に歌えるよ」

エリナさんが、意味深にわらう。

「ミッキーに、思いがとどくといいね」

エリナさんは、相変わらずあたしの気持ちを見透《みす》かしてしまう。

「はい！」

しっかりとうなずいた。

レッスンが、はじまった。

エリナさんの英語の発音は完璧《かんぺき》で、ミュージカルで歌もやっているから、その声量もすごい。歌いはじめると、ボリュームをさげないと家中にきこえそうだった。

「いまみたいに、最初のフレーズを歌ってみて」

そういわれても、家の中だと大きな声をだしにくい。

「ああ、英語だからって、はずかしがってちゃダメ。ちゃんと大きな声をだして」

やっぱりしかられて、あたしは半《なか》ばヤケになりながら、大声をはりあげた。

英語の発音はむずかしくて、すぐにおくれてしまう。

「単語をひとつひとつ読んでたらダメ。ユー、アーじゃなくて、ユアとか、キャン、ノットじゃなくてキャント、とかね。つなげるようにして歌わなくちゃ」

……っていわれても。

「V《ブイ》の発音は、ブイじゃなくて、ヴイよ、下唇《したくちびる》をかむようにして」

「ブ、ブ、ブー……」

『ブ』じゃなくて、『ヴ』だってば」

う～、イライラする！

アルファベットを読むのもやっとのあたしが、ほんとうに歌えるのかな……。

「イッポ、英語って思うから、苦手意識《いしき》がでちゃうの。これは歌、歌なのよ。流れるように歌って、細かい部分は気にしない」

「はい……」

とにかく、おぼえなくちゃ！

あたしは歌詞《かし》カードを持ち歩いて、学校の行き帰り、トイレの中、お風呂《ふろ》、どこでも歌うことにした。

本大会に向けて、みんなそれぞれ、準備《じゅんび》を進めた。

ロボは、プロジェクターに映《うつ》す画像《がぞう》を集めている。

「ぼくらのつながりを感じるような、画像を映そうと思ってる。見ている人たちも、ぼくらがどんなチームかわかるようにね」

画像ソフトを使って編集《へんしゅう》しているロボは、いきいきしている。

「いま、すっごく楽しくてさ。いつか、こんなことを仕事にできたらいいなって思うんだ」

「仕事？」

「うん。画像を撮《と》ったり、編集したり。じいちゃんや父さんの時代は、紙の写真やデジタルの画像だっただろう？　これから、未来はもっと変わっていくと思うんだ」

ロボが、熱く語りつづける。

そういえば、ダンスチームにさそったときも、ランドセルから写真をとりだして、熱く語ってたっけ。あれから、ロボも夢《ゆめ》も進化したんだ。

「ぼくは、未来の画像や映像に関わりたい。それで、好きなものを撮りつづけたいんだ」

なんか、すごいな……。

「わたしたちの演出《えんしゅつ》だって、ステキだもんね〜！」

サリナとネコが、にやにやしてうなずきあう。

「ステージを、めいっぱい盛《も》りあげるにゃん！」

「ポップな感じでね！」

ふたりとも、はりきっている。

そういえば、サリナはバレエに関わることが夢《ゆめ》みたいだし、ネコは洋服に関わる仕事がしたいっていってた。

じゃあ、あたしは？

あたしだけ、まだわからないまま。

でも、エリナさんもいってたっけ。

あせらなくても、そのうち見つかるって。

だからいまは、とにかく英語の歌を練習しよう。

ダンスの練習も順調《じゅんちょう》だった。

横一列にならぶラインダンスのステップは、手足の動きも息もぴったりとあいはじめた。フォーメーションの動きもきびきびと素早《すばや》く、他の人の動きを感じられるよゆうさえもでてきている。

あとは、ダブルターンとブレイクダンスだ。

あたしたちは話しあって、ダブルターンの後にするポーズを変えることにした。

いまは、両手を広げ、右足を軸《じく》に左足をうしろにのばすという、比較的《ひかくてき》シンプルなポーズ。それを、もっと見栄《みば》えのいいものにしようということになった。

そしてサリナの口からでたのは、「Y《ワイ》字バランス」だった。

Y字バランスというのは、片足《かたあし》を顔の横までひきあげて、片手で支《ささ》えるポーズ。バレエダンサーのような、あこがれのポーズだ。

開脚《かいきゃく》する柔軟性《じゅうなんせい》のほか、足の重さを持ちあげ、重心をとって片足で立ちつづける筋力《きんりょく》が必要で、バランス感覚《かんかく》も重要だ。

そのために、柔軟性《じゅうなんせい》と筋力《きんりょく》をつけるトレーニングを重ねた。

ブレイクダンスのほうも、レベルアップした。

背中《せなか》や頭で回るウインドミルの回転数をあげ、途中《とちゅう》に「チェアー」というポーズを入れる。ウインドミルだけでもすごいけれど、腕《うで》だけで体を支《ささ》えてポーズをとる「チェアー」が決まると、すごくかっこいい。

ロボにそんなことができるんだろうかと、最初は心配だった。でも、太極拳《たいきょくけん》をやっているロボは、思ったより筋力がある。くりかえし練習して、ウインドミルの回転も速くなっていった。

これなら、いけるかもしれない。

とにかくやるしかないと、全員が一丸となった。

練習の帰り道、ミッキーとふたりきりになってきかれた。

「イッポ、生で歌うんだろ？　だいじょうぶか？」

ミッキーにはサプライズにしたかったけれど、こればっかりは、いつまでもかくしてはおけない。

「うん。いま、エリナさんと毎日英語のレッスンしてる」

「ふぅん。楽しみだな」

楽しみなんていわれると、うれしくなる。

「あたし、心をこめて歌うから……。ミッキーに」

「オレに?」

ミッキーが、首をかしげた。

「あ、なんていうか、最後に、歌のプレゼント。あたし、他に何もできないから」

「そっか。最後かもしれないもんな……」

夕焼けの中、空気が沈《しず》んでしんみりとする。

「あ、きょう、用事あったんだ!　あたし、先に帰るね!」

それ以上話していられなくて、あたしはダッシュして家に帰った。

あーあ。

あれだけで、こんなにドキドキしてたんじゃ、告白なんてとてもできそうにない。

あたしの気持ち、とどくのかな……。
ううん、いまは、コンテストのことだけ考えよう。
みんな精《せい》いっぱいの気持ちで、ミッキーを送りだそうとしているんだから。
その気持ちは、きっととどくはず！

10 涙《なみだ》のラストステージ

いよいよ、本大会当日。

会場は、予選大会のときよりも、もっと大きなホールだった。

出場するチームは、全部で三十チーム。A《エー》ブロック、B《ビー》ブロック、C《シー》ブロックで勝ちぬいてきたチームだから、みんなうまそうで、おじけづきそうになる。

だぼっとしたトレーナーにぶかぶかのズボンをはきこなした、ストリート系のチームや、ふわっとしたドレスのような衣装《いしょう》の女子チーム、黒い衣装とサングラスでかっこよく決めているチームもある。

「他のチームだって、あなたたちがうまそうに見えるんだから」

そういう佐久間《さくま》先生も、少し緊張《きんちょう》しているように見える。

こんな大きな舞台《ぶたい》で、歌うなんて……。

予選大会のときより、もっと緊張《きんちょう》していた。

歌詞《かし》を忘《わす》れたらどうしよう。

頭が、真っ白になったら……。

「おいってば！」

急に肩《かた》をたたかれて、びっくりした。

「な、何!?」

「何じゃないよ。さっきから呼《よ》んでるのに。オマエ、だいじょうぶか？」

ミッキーが、眉《まゆ》をよせてあたしの顔をのぞきこむ。

「う、ううううん」

「うん」なのか、「ううん」なのか、自分でもわからない。

「それにしても、オレたちのチームが最後とはなぁ」

「え？　そうなの？」

「イッポ、やっぱりボーッとしてるな。さっき、順番が発表されたじゃないか」

え～……。

こんなドキドキを、最後までがまんしなくちゃいけないの？

ああ、考えただけで憂鬱《ゆううつ》。

そのとき、「いつもお世話になりますぅ」という、ききおぼえのある声がした。

「お母さん！　お父さんも……」

びっくりした。お母さんとお父さんが、佐久間《さくま》先生にあいさつしている。

「運動音痴《おんち》の一歩《かずほ》が、みなさんの足をひっぱってないか心配で……。あら、そうですかぁ。おそれいりますぅ」

オホホホなんて、よそいきの笑い方をして、気どっている。

「ところで、先生！」

あたしは、「ん？」と眉《まゆ》をひそめた。お母さんが小声で、佐久間先生に何かきいている。あたしは、耳をすました。

「最近の一歩、どうですか？　家では、落ちこんだり、反抗的《はんこうてき》だったり。まさか、このまま不良にでもなったら……」

「は？　いえ、そんなことは……」

佐久間《さくま》先生がおどろいて、苦笑いしている。

「ちょっと、お母さんもお父さんも、はやくすわらないと、席がなくなるよ！」

もぉ〜。応援《おうえん》してくれるのはありがたいけど、くるならくるっていえばいいのに！

すると、その後も続々とみんなの家族が現《あらわ》れた。

ロボのおじいちゃんには、太極拳《たいきょくけん》を教えてもらったり、商店街のダンスフェスティバルでお世話になった。

「風馬《ふうま》！　気合いじゃぞ！」

なんていって、豪快《ごうかい》にわらっている。

サリナのお母さんは、夏合宿のとき、親せきの家を紹介《しょうかい》してくれた。嵐《あらし》の夜、あたしたちのダンスを見るために、ずぶぬれになってやってきたときはおどろいたけど、バレエダンサーだったときのエピソードをきいて感動した。

ネコのお母さんは、きゃぴきゃぴしたネコとちがって、おだやかでやさしそうな人だ。洋服の仕事をしているだけあって、着ているワンピースもおしゃれで、売っているものとはちょっとちがう。

ミッキーのお父さん、お母さん、そして四人の弟や妹もきていた。お父さんとお母さんははじめて会うけれど、ふたりとも会社員ってことで、ピシッとスーツを着ている。仕事ができそうなところとか、ミッキーに似《に》てるかも……。

小さな女の子が、トコトコとあたしのほうにやってきた。

「ねぇ、あなた、イッポ？」

「え？　そうだけど……」

たぶん、ミッキーの妹で、保育園児《ほいくえんじ》だ。

「お兄ちゃんの彼女《かのじょ》って、ホント？」

その子は、疑《うたが》わしそうな目であたしを見る。

「ち、ちがうちがう！」

あわてて首をふると、「やっぱりね」と、鼻でわらった。

「うちの家族で、つきあったことがないの、美喜《よしき》お兄ちゃんだけだもの」

え……。まさか。

「わたし、きょうはカレシときたの」

甘《あま》えた声で、「フミヤく〜ん！」と呼《よ》んで手をつなぎ、勝ち誇《ほこ》ったようにあたしを見あげた。

負けたっ！

「い、いいね〜。また、後でね〜」

保育園児《ほいくえんじ》にも彼氏《かれし》がいるとは……。あたしだって、つきあったことなんてないのに。

トホホと思っていると、今度は、やけにさわがしい声が近づいてきた。

「イッポちゃん！　がんばって！」

「応援《おうえん》してるからね！」

それは、五年一組のクラスの子たちだった。

サリナがダンスチームを作ろうとしたとき、その熱血ぶりを、みんなかげでわらっていた。でも、ダンスフェスティバルにクラスで出場して、心がひとつになって、ダンスを好きになってくれた。

いつもロボのことをからかっていた大木《おおき》も、ロボの肩《かた》に手を回して「ぜってぇ、優《ゆう》勝《しょう》しろよな！」なんていっている。

「わたし、ダンス部に入りたいって、佐久間《さくま》先生にお願いしたんだ！」

「わたしも！　また、いっしょにおどりたい」

ファーストステップが解散《かいさん》ときいて、正直、ダンスクラブなんてできなければいいのにと思った。

でも、こんなふうに、みんなが笑顔でダンスをやりたいといってるのをきくと、うれしいなと思ってしまう。

あたし、サリナ、ネコが女子のみんなと盛《も》りあがっていると、今度は、女子の視線《しせん》がミッキーにそそがれた。

「一条《いちじょう》くんが転校しちゃうなんて、信じられない……」

「いっしょにおどれるの、楽しみにしてたのに」

無口で不愛想《ぶあいそう》で、クラスでういていたミッキーも、ダンスフェスティバル以来すっかり人気者になった。

バレンタインのときは、かなりの数のチョコレートをもらったみたいだけど、大会のことで頭がいっぱいだったミッキーは、ダンスの差し入れとかんちがいしてあたしたちにもチョコレートをわけてくれた。あたしのチョコもその中に入ってたのに……。

あたしはヤケになって、バリバリとチョコレートを食べた。

だから、佐久間《さくま》先生からミッキーが転校するって話があったときは、クラスでも大さわぎだった。

もしかしたら、あれから何人か、告白したかもしれない。

つぎつぎと現《あらわ》れる応援《おうえん》の人たちにあたふたしながら、開会式の時間になり、あたしたちは出場者席にすわった。

ホットダンスコンテストを主催《しゅさい》している人が、マイクを手にする。

「本日は、きびしい予選大会をくぐりぬけた、すばらしいダンサーのみなさんに集まってもらい、とてもうれしいです。人は古来より、おどることで感情《かんじょう》を表現《ひょうげん》してきました。そこで今回は、『つながり』をテーマにすることにしました。時代や時を超《こ》えたつながり、人と人とのつながりこそ、ダンスのすばらしさだと思うからです」

いったん区切って、あたしたちを見まわすと、その人はつづけた。

「ダンスは、世界の人々をつなげてくれると信じています。全力をつくしてください」

頭をさげると、わーっと拍手《はくしゅ》がわいた。

「つぎに、審査員《しんさいん》の紹介《しょうかい》です」

話にきいていた通り、審査員は十人だった。有名なダンサーもいれば、ふりつけ師《し》や作曲家もいる。その中に、タクヤくんたち、ミントブルーもいた。

紹介されると、ミントブルーの五人は立ちあがって、会場に向かって手をふった。公園で会ったときよりも、さらに強いアイドルオーラが全開だ。女の子たちが、「きゃぁあ！」と声をあげている。

ひとしきり手をふったあと、タクヤくんがあたしたちのほうを向いて、「がんばれ」というように親指を立てた。


一番目のチームのダンスがはじまった。

いきなり、アクロバティックではげしいダンス。十人いるのに、全員がプロのダンサーのようだ。

「レベルが高い……」

あたしは、ごくりとつばをのんだ。

前転、バック転、ブリッジ……。みんな、軽々とこなしている。

こんな人たちと競《きそ》って、優勝《ゆうしょう》しようだなんて……。

冷《ひ》や汗《あせ》がでてきて、足がふるえた。

二番目、三番目とどんどんつづいたけれど、見ていられなくて、あたしは目をつぶった。

いますぐ、逃《に》げだしたい。

五番目がおわったとき、あたしはたまらず席を立った。

トイレにいくようにさりげなくドアからでていったけれど、ろう下にでたとたん、うずくまってしまった。

どうしよう、気持ち悪い……。

吐気《はきけ》がして、涙《なみだ》がでてきた。

ふいに、うしろから声がした。

「イッポ、だいじょうぶ？」

サリナが、心配そうにのぞきこんでくる。

「うちも、気持ち悪いにゃん」

「ぼくも……帰りたい」

ネコとロボもそばにすわりこむ。みんな、同じ気持ちなんだ。

「なんだよ、なさけねぇなぁ」

ミッキーの声が頭の上からふってきた。いつもと同じ、自信満々な声。

「どうせあたしは、なさけないよ。ミッキーみたいにうまくないし、あんな舞台《ぶたい》で歌なんて……」

声がふるえて、つづかなかった。

「もう、いいからさ」

「え？」

あたしが顔をあげると、みんなもミッキーを見た。

「みんなが、オレのために優勝《ゆうしょう》しようと思ってくれてるの、知ってた。でも、オレはみんなとここまでこれて、満足だから。このまま棄権《きけん》して、帰ってもいいけど……」

棄権!?

ミッキーの口からでた言葉とは思えなくて、涙《なみだ》もひっこんでしまう。

「でも、せっかくだから、みんなとおどりたい。優勝《ゆうしょう》とかいいから、最後に思いきりダンスをしたい」

そうだった……。

きょうが、ファーストステップでおどる、最後のダンスになる。

あした、ミッキーは引《ひ》っ越《こ》してしまう。

「……ほんとうに、いいの？　優勝しなくても」

あたしがきくと、ミッキーはうなずいた。

「途中《とちゅう》でイッポが歌を忘《わす》れても、オレがかならずフォローする」

力強い言葉が、ぐっと胸《むね》に響《ひび》く。

ああ……。

あたしはどうして、こんな大切なことを忘れてたんだろう。

いままでだって、そうだったじゃない。

数々のピンチを、ミッキーが、みんなが、助けてくれた。

何があっても、置いてったり、見捨《みす》てたりしなかった。

「サリナは、バレエ仕込みの体のやわらかさがあるだろう？」

サリナが、ミッキーに向かってうなずく。

「ロボのロボットダンスは、もう、オレよりもうまいよ」

ロボが、目をぱちくりさせた。

「ネコの運動神経《しんけい》には、オレもかなわない」

ネコが、くしゃっと目を細める。

「イッポの歌は……最高だ」

「ほんとう!?」

あたしは、すがりつくようにミッキーを見た。

「ああ。毎晩《まいばん》、大声で歌ってたじゃないか。オレはそれをききながら、家で練習してたんだ」

うそ……。

かぁっと、顔が熱くなる。

ミッキーの家はうちのすぐ裏《うら》だから、お風呂《ふろ》で歌うときこえてしまうのは知っていた。でもまさか、エリナさんとのレッスンで歌ってたのもきこえてたなんて！

「オレだって、ほんとうはずっとみんなとおどっていたい。つらくて、くやしくて、どうにかならないかって、父さんにたのんで……。でも、やっぱりダメで、落ちこんでさ。そんなとき、イッポの歌をきいて、はげまされてたんだ」

あたしの歌で……？

「イッポもがんばってるんだから、オレもがんばろうって決めた。オレがしっかりしなくちゃ、みんなも不安になるからさ……」

ミッキーの照れたような顔。

あたしは、大きなかんちがいをしていた。

ミッキーだから、だいじょうぶだと思ってた。

ミッキーはいつでも自信があって、なにがあっても平気なんだと思いこんでいた。

でも、そんなわけない。

ミッキーだって、不安で、苦しくて……。でも、それをあたしたちに見せないようにしてただけ。

あたしは、自分のことばかり考えていた。転校するミッキーに見捨《みす》てられたような気になって、それでも平気な顔をしているミッキーを、薄情《はくじょう》だとすら思っていたけれど……一番つらいのは、ミッキーだということを忘《わす》れていた。

「ごめん……」

「だから、泣くなって！　最後に、バシッと楽しく決めようぜ。みんなに、見せてやるんだ。オレたちのダンスを」

「だよね」

サリナがうなずく。

「ぼくも、がんばる」

「うちも！」

ロボとネコもうなずいた。

あたしは、すっと右手をさしだした。もしかしたら、これが最後になるかもしれない。ミッキー、サリナ、ネコ、ロボが、つぎつぎに手を重ねる。

「ゴー、ファイト、ファーストステップ！」

もう、逃《に》げない！

11 ファーストステップは永遠《えいえん》に！

あたしたちは、舞台《ぶたい》そでにひかえた。

前のチームがそろそろおわる。

ミッキーが「優勝《ゆうしょう》しなくてもいい」といってくれたおかげで、リラックスすることができた。

ふりかえると、ダンスなんてやったことのないあたしがここまでこれたのは、みんなのおかげ。

「友だちになってあげるかわりに、ダンスをやらない？」と、サリナにさそわれたのがはじまりだ。

体育館で、ひとりでおどっていたミッキーのダンスに一目ぼれし、ねこの耳としっぽをつけてる変な子と思っていたネコと友だちになって、男子にいじめられてたロボとも仲間になった。

四人とも、ダンスをしなかったら、友だちにはならなかっただろうと思える人たちばかり。

そして、人前で歌うことができなかったあたしは、ダンスを通して、歌う喜びを知った。

ダンスに出会ったことも、みんなに出会ったことも、奇跡《きせき》のように思える。

だから、いま……すべてをだしきる！

「つぎは、エントリーナンバー三十番。チーム、ファーストステップのみなさんです」

暗い舞台《ぶたい》の上で、すわったり、腕《うで》をだらりとさげたりしているあたしたちに、スポットライトがあたる。

無機質《むきしつ》なデジタル音が響《ひび》いて、サリナがぎこちないロボットの動きでおどりだす。

ワン、ツー、スリー、フォー、ファイブ、シックス、セブン、エイッ。

エイトカウントごとに、ロボ、ネコ、ミッキーと、順番にアイソレーションの動きでロボットダンス。予選のときよりもキレがよく、大きな動き。

最後のあたしにスポットライトがあたり、ぐっと顔をあげた。

リズムに乗って、手をあげ、足を動かし、首を回す。

デジタル音が鳴り止み、一瞬《いっしゅん》の闇《やみ》と静寂《せいじゃく》から一転、パーッとステージが照らされる。

ロボットに、命がふきこまれた。

すっと息をすいこんで、あたしはヘッドマイクを通して歌いはじめた。

♪Hey, come on《ヘイカモン》!

はじける!

会場中に、あたしの声が響《ひび》いた。

一列にならんで、笑顔でクラブステップ、ポップコーン、ランニングマン……。足の動き、手の振《ふ》り、顔の位置《いち》もピタリとあわせる。

フォーメーションダンスでは、縦《たて》、横、ななめ、V《ブイ》字と、つぎつぎとすばやく隊形を変えていく。

リズミカルな間奏《かんそう》が入ると、女子と男子にわかれてステップ。

男子がパッと両手を開き、あたしたちに合図を送る。

いまだ！

つま先立ちで、すっと足を前にだす。すばやく、一回転、二回転。ぎりぎりまで前を向いて、くるっと首を動かす、ダブルターン！

左足をぐっとあげ、片手《かたて》で支《ささ》えるＹ《ワイ》字バランス。
一、二……心で数えながら、三秒間《びょうかん》、静止した。
会場から、わっと拍手《はくしゅ》がおこった。

今度は女子が両手を広げて、男子が前にでる。

ロボとミッキーが視線《しせん》をかわし、片手を床《ゆか》につく。じょじょに勢《いきお》いをつけながら体を回し、腕《うで》で体を支えながら、宙《ちゅう》で足を組む「チェアー」のポーズをピタリと決める。

ふたりの息はぴったりで、そのまま背中《せなか》で体を回すと、同時に立ちあがった。

また、わっと拍手と歓声《かんせい》がわく。

ぐっと、熱いものが体中をかけめぐった。

ここまできたら、もうこわいものなんてない。

そのとき。

赤、青、黄色と、色とりどりの照明が、シャワーのように会場全体にふりそそがれた。

天井《てんじょう》につるされたミラーボールが回りだし、光のつぶが、ふわふわと舞《ま》いはじめる。

「うわぁ」という歓声《かんせい》とともに、観客が天井や壁《かべ》を見た。

歌っている間も、ミラーボールがくるくると回る。

ちらっとミッキーを見ると、目があった。ミラーボールのことはないしょだったから、「なんだよ、これ?」というような視線《しせん》で口もとがゆるむ。

あたしもほほえみかえす。

でも、ないしょにしていることは、まだある。

「わぁ!」と、ふたたび会場がわいた。

ステップをふみながらターンをすると、うしろの巨大《きょだい》スクリーンに、ロボが編集《へんしゅう》した画像《がぞう》が映《うつ》りはじめた。
舞台《ぶたい》の左右にあるスクリーンにも、同じ画像が映る。
それを見たミッキーが、目を大きく見開いて、おどろき、あきれ、わらっている。
映しだされたのは、いままでロボが撮《と》った、数々の写真……。
ヘタクソで、もういやだと根をあげている写真。
ブリッジしているあたしをくすぐって、ふざけあっている写真。
真剣《しんけん》な顔で、汗《あせ》をとび散らせている写真。
海の合宿で、水をかけあってはしゃいでいる写真。
どれもこれも、思い出がいっぱいで……涙《なみだ》があふれてくる。
汗といっしょに涙《なみだ》をとばし、ステップをふむ。
ポップコーン、ブルックリン、ランニングマン……。
あたしたちは、思う存分《ぞんぶん》ステップを楽しんだ。

♪あなたと出会って　世界が変わった
カラフルな色に　そめられて
毎日が　そう　ハッピーなの
運命って　ほんとうにあるのね
あなたがいれば　強くなれる
あなたがいれば　信じられる
幸せって　すぐそこにあるの
さぁ　おどって
さぁ　うたって
さぁ　わらって
Be《ビー》 HAPPY《ハッピー》!

First step

歌に、思いをこめる。ミッキーにとどいてほしい。

ダンスと音楽は、一体だ。

ハイな気分で、体中の細胞《さいぼう》がとびはねる。

何も考えず、感じるままに、おどっていたい。

生きるって、きっと、こういうこと。

いよいよ、おわりに近づく。

スクリーンの写真は、最近撮《と》ったものになっていた。

大会のために、泣いたり、わらったり。

つらかったけど、楽しかった。

みんなに会えて、よかった。

ファーストステップの五人と佐久間《さくま》先生が、はじけるような笑顔で写っている写真が、大きく映《うつ》しだされた。


ファーストステップは、永遠に！

そんなテロップをバックに、五人でポーズを決めた。

会場いっぱいに、拍手《はくしゅ》があふれる。

舞台《ぶたい》が暗くなって、おわったのだとわかった。

はぁはぁと息をしながら、体がくずおれる。

「みんな、ありがとう」

暗い舞台に、ミッキーの声が、静かに響《ひび》く。暗いから、素直《すなお》な思いがまっすぐにとどいた。

「きょうのダンス、オレは、一生忘《わす》れない」

「うん」

あたしたちも、涙《なみだ》をぬぐってうなずいた。

一生、忘れない。

十年後も、二十年後も、おじいちゃん、おばあちゃんになっても忘れない。

あたしたちは、ずっと、仲間だ。

舞台《ぶたい》そでに向かって歩いている中、あたしはミッキーのジャケットに手をのばした。

「ん？」と、立ち止まる。

「あたし……」

いまならいえる。素直《すなお》な気持ち……伝えなくちゃ！

「あの……大事な話があるの」

すると、なぜか会場から笑い声があがった。

え？

「ちょ、ちょっとイッポ、マイク！」

サリナが、あわてていう。

え、うそ！

マイクのスイッチが入ったままだった！

会場からは、「告白か？」「がんばれよ〜」なんて声がかかった。

「し、信じられない！」

あたしはまぎとるように、マイクをはずした。照明が、ぱっと明るくなる。

「ぼくに、大事な話って？」

あ……。

にぎったジャケットは、ロボのものだった。

審査《しんさ》結果は、三十分後。それまで休憩《きゅうけい》だ。

他のチームはすでにロビーにでたみたいで、裏口《うらぐち》は閑散《かんさん》としている。そこに、パーカーの帽子《ぼうし》を目深《まぶか》にかぶったタクヤくんが立っていた。

周りを気にしながら、近づいてくる。

「審査員が、特定のチームと仲がいいなんてばれたらまずいからさ」

そんなことをいいながら、にっこりとわらった。

「すごくよかったよ。ぼくもいっしょにおどりたいくらいだった」

それをきいて、みんなの顔が、ぱっと明るくなった。何よりうれしい感想だ。

「でも、うまいチームがたくさんいたからな」

ミッキーの言葉に、タクヤくんが肩《かた》をすくめる。

「ああ。ダンスがうまいってだけで決められたら、こっちも楽なんだけどな」

そんな意味深なことをいって、あたしのほうを向くと、

「イッポは、やっぱり歌がうまいな。気持ちが伝わってきたよ」

なんて、からかわれた。そして、あたしの耳もとでささやいた。

「でも、やっぱり、ちゃんと告白したほうがいいと思うけど」

顔が熱くなって、「もー!」といったときには、タクヤくんは楽屋のほうにかけていった後だった。

「タクヤ、何だって?」

審査《しんさ》のことと思ったのか、ミッキーがきいてくる。

「べ、別にっ」

あたしは、思いきり首をふった。


ロビーにでると、クラスの子たちや家族にもみくちゃにされた。

「イッポちゃんの歌、よかったよ!」

「わたしもおどりたかった〜！」

興奮《こうふん》して、とびはねている。

「サリナちゃん、かっこいい！」「ネコちゃん、ステキ！」なんて言葉がとびかう。

「え！　ぼくのサイン!?」

ノートとペンをわたされて、ロボが戸惑《とまど》っている。

「一条《いちじょう》くん、記念にプロフ書いてくれる？」

はずかしそうに、おずおずとプロフ帳をさしだす子もいた。

「ごめん。オレ、そういうの苦手だから……」

そういって、ミッキーがすっと外にでるのを見て、あたしも人ごみをぬけだした。

ガラスの自動ドアをでると、広場になっていて、大きな木が何本も植えてある。

ミッキーはうーんと伸《の》びをすると、木立に置いてあるベンチにすわった。

なんか、近づきにくいな……。

そう思っていると、カサリと落ち葉が音を立てた。ミッキーが、ふりむく。

「あ、ロビー、暑いなぁと思って」

「そっか？　オレは、ああいう場が苦手だから」

あたしは、思いきってミッキーのとなりにすわった。

「結果、どうかな」

「さぁ。でも、ホントに結果はどうでもいいような気がする。最高のおどりができたから、悔《く》いはないんだ」

「うん、あたしも」

風がふいて、葉がカサカサと音を立てたけど、落ち葉の下から芽吹《めぶ》いている緑を見て、もう春なんだと思った。

いわなくちゃ……。

「引《ひ》っ越《こ》し、あしたなんだよね？」

「ああ。もう、家の中の片《かた》づけはすんでる。古い家だったけど、思い出がたくさんあるんだよなぁ」

「わかるよ。さびしいよね。もう、近所じゃなくなるんだ……」

うちから、歩いて三十秒《びょう》。

最初は、お風呂《ふろ》で歌うときこえちゃうほどの近さが気になってイヤだったけど、遠くへいってしまうと思うと、さびしくてしかたない。

「あの、実は、あたし……」

「ん？」

ミッキーが顔をあげる。

こっちを見られると、いいにくい。

「あたし、ずっと……ずっと……」

うう、言葉がでてこない！

「あ、オレも、ずっとなやんでたんだけどさ」

いきなり、ミッキーが口をはさんでくる。

「やりたいこと、見つかったような気がする」

「え？　やりたいことって？」

緊張《きんちょう》がとけて、息をはきだす。

「今回の大会で、わかったんだ。オレ、ダンスのふりつけやりたいなって」

「それって、ふりつけ師《し》ってこと？」

「うん。いつか、そうなれたらいいなって」

ああ、なんか、イメージわくかも。

今回のふりつけも、最高によかったから。

「そういえば、タクヤくんがいってたね。ミッキーは、またこっちの世界にもどってくるって。そういうことかな？」

「そうかもな。オレがダンスからはなれられないこと、あいつにはちゃんとわかってるんだ。かなわないな」

ミッキーが照れ笑いをして、またシンとした。

「わたしは……ダメだなぁ。何ひとつ、うまくいかない」

思わずつぶやいて、落ちこんだ。

やりたいことも見つからず、告白もできなくて。

「ほんとうに？」

ミッキーにきかれる。

「イッポは、歌っているときが、一番楽しそうだと思うけど」

歌っているとき……？

「で、でも、アイドルとか、むりだし！」

ミッキーが、ぷっとふきだす。

「アイドルになれなんて、だれもいってない。そもそもむりだし」

そんなにはっきりいわなくても……。あたしはいじけた。

「そうじゃなくて、歌に関わる仕事なら、なんだってあるじゃん。そういうの、じっくり見つければいいんじゃないか？」

そっか……。それなら、できるかも。

「うん。そうする……。それでね、あたしっ」

最後のチャンス、あたし、がんばれ！

気持ちをふるい立たせて、ミッキーに向きあったとき。

「ああ、いたいた！」

「こんなところで、何やってんの！」

ロボとサリナがかけよってきて、ネコがあたしの手をひっぱる。

「もうすぐ、結果発表があるにゃん！」

もう!?

ああ……とうとう、最後のチャンスをのがしてしまった。

「みなさま、お待たせしました！　いよいよ、審査《しんさ》結果の発表です！」

司会の男の人が、声をはりあげる。

「いや～、今回の審査は、はげしい議論《ぎろん》がかわされました。どうですか？　審査員のみなさん」

すると、マイクを持ったダンサーの人がしゃべりはじめた。

「すべてのチームがうまくて、技術的《ぎじゅつてき》にも高かったから、とても迷《まよ》いました」

「ふりつけも選曲も、小学生とは思えず、プロ顔負けですね」

ふりつけ師の人も答える。

「なるほど、そうなると、選ぶのに迷いますね。では、三位のチームから、発表です！」

派手《はで》な音楽が流れ、「第三位は!」と、間があいて、スポットライトが会場をかけめぐる。

光が、一点にさしこんだ。

「チーム、ブラックキャット!」

「きゃああ!」という歓声《かんせい》で、チームの子たちが抱《だ》きあった。

「第二位は!」

ふたたびスポットライトが、出場者席を照らす。

あたしは、胸《むね》の前で手をくんだ。

せめて、二位になりたい。ミッキーのために、思い出がほしい。

「チーム、雷神《らいじん》!」

「うおお!」という、力強い声が響《ひび》いた。ダンス教室からエントリーしたようで、十二人いるどの子もうまかった。

やっぱり……。

あたしたちみたいに、「一年前にはじめました」みたいなチームは、しょせんむりなんだ。ここにいるチームは、何年もダンスをして、何回もコンテストにでているような子たちばかり。

いつの間にか、サリナがあたしの手をにぎってた。あたしは、もう片方《かたほう》の手でネコの手をにぎる。ネコはロボを、ロボはミッキーの手をにぎり、あたしたちは最後の瞬《しゅん》間《かん》を待った。

「栄《は》えある優勝《ゆうしょう》は……」

ひときわ大きなファンファーレが鳴って、会場がしずまりかえった。

スポットライトの明かりが、流れ星のように暗い会場をかけめぐる。

緊張《きんちょう》で、どうにかなっちゃいそう！

あたしは、ぎゅっと目をつぶった。

まぶたの裏《うら》が、急に明るくなった。おそるおそる、目をあける。

まぶしくて、思わず目を細めた。

前の列の人たち……ううん、会場の人たち全員が、こちらを見ている。

「チーム、ファーストステップです！」

うおおっていう、うなり声のような歓声《かんせい》がわく。

「きゃあ！」と、クラスの子たちが叫《さけ》んだ。

あたしたちは、歓声《かんせい》や視線《しせん》に圧倒《あっとう》されて、声もでなかった。

「うそでしょ……」

サリナのひとことで、ほんとうなんだとわかった。

「ファーストステップのみなさん、ステージにあがってきてください」

あたしたちは顔を見あわせて、ステージに向かった。

信じられない。

「今回は、ほんとうに意見がわかれました。ミントブルーのタクヤくん、いかがでしたか？」

タクヤくんが、あたしたちのほうを見て、ニヤリとわらう。

「みなさん、ほんとうに技術的《ぎじゅつてき》に優《すぐ》れていて迷《まよ》いました。ただ、ファーストステップには、他のチームにはない魅力《みりょく》があったんです」

何、それ……。

「今回のテーマは、『つながり』でした。ダンスの中に、それを見事にとりいれて、しかも演出《えんしゅつ》の中にも、仲間同士のつながりを感じることができました」

タクヤくんは、ふっとわらった。

「ダンスは、パフォーマンスです。見ている人の心をどれだけ動かせるか、どれだけインパクトを与《あた》えられるか……。ファーストステップは、演出にも手をぬくことなく、それどころか、自分たちと見ている人を、最大限盛《さいだいげんも》りあげてくれました。それで、多くの審査員《しんさいん》が、ファーストステップをおしたんです」

ダンスは、パフォーマンス……。

それって、ミッキーがいってたことと同じ。

「それに、歌もよかったです。題名通り、きく人を明るく、幸せにできる歌でした。ダンスと音楽が互《たが》いを高めあっていて、どちらが欠《か》けてもダメなんだと、あらためて教えてもらった気がします」

プロのアイドルに、そんなふうにいわれるなんて……。あたしの顔が、かぁっと熱くなった。

「今回の大会では、ダンスで『つながり』を表現《ひょうげん》してほしかった。このチームはかたくつながっていると、会場の人たちみんなに伝わったと思います。おめでとうございます！」

タクヤくんの言葉に、もう一度、会場がわぁっと盛《も》りあがった。そして、優勝《ゆうしょう》のトロフィーをみんなで受けとった。

あたし、ミッキー、サリナ、ロボ、ネコの顔がゆがむ。

うれしくて、うれしくて、涙《なみだ》があとからあとから流れつづけた。


つぎの日、あたしたちはミッキーの家の前に集まった。

ぽかぽかとあたたかい日差しがふりそそぐ、引《ひ》っ越《こ》し日和《びより》。

ミッキーが、名残惜《なごりお》しそうに家を見あげている。その横顔を見たら、さびしさがこみあげてきた。

ほんとうに、お別れなんだ。

せっかく、会えたのに。

「ミッキー、元気でね」

「手紙、ほしいにゃん」

「たまには遊びにきてよ」

サリナ、ネコ、ロボが、つぎつぎと声をかけるのに、あたしだけ言葉がでてこない。

「あの、あたし……」

サリナに、「ふたりにしてあげるから」と耳もとでささやかれて、三人は角の向こうに消えてしまった。

すっと息をすって、覚悟《かくご》を決める。

「ミッキーが一番好きなのは、ダンスでしょう?」

きくと、ミッキーは首をかしげて「ああ」といった。

「でも、ダンスをするには、音楽が……歌が必要だよね?」

「……うん」

ごくっと、つばをのむ。

「だから、あたし、決めたの。ずっと歌おうって。ミッキーがいなくなっても、つながっていられるように」

あたしにとっては、ここまでいうのが精《せい》いっぱいだった。

「それがいいと思う。オレも、イッポの歌が好きだから」

歌か……。

こっそりと、ため息をつく。

でも、いいや。

あたしも、ミッキーのダンスが好き。もう、見られないんだと思ったら、また涙《なみだ》がこみあげてきそうになった。

でも、きょうは絶対《ぜったい》に泣かないと決めている。

笑顔で、見送るって。

「お～い、なんでそんなに時間がかかってんだよ」

「そうだよ、大げさだなぁ」

ミッキーの双子《ふたご》の弟たちがやってきた。

「もう、会えないわけじゃないのに！」

「だよなぁ、オレら、転校する気満々だったのによぉ！」

「あやに告《こく》って、ふられるし……」

双子《ふたご》たちの言葉に、あたしは眉《まゆ》をひそめた。何をいってるの？

ようすがおかしいと感じたのか、サリナたちもやってきた。

「転校……するんでしょう？」

サリナが、眉をひそめる。

「山梨県《やまなしけん》って、遠いにゃ」

「そうだよ、もう、めったに会えないんだから、別れを惜《お》しんでもいいと思うけど」

ネコとロボも、不満気にいう。

でも、そういえば、他の兄弟の友だちは、だれもきていない？　佐久間《さくま》先生も……。

「山梨県？　バッカじゃないの？」

保育園《ほいくえん》の妹が、腰《こし》に手をあてて、ふんっと鼻を鳴らした。

「山梨県じゃなくて、山名市《やまなし》です。ヤマナって市、知らないんですか？」

頭のいい弟が、メガネをおしあげる。

山名市《やまなし》……？

「山名市って、まさか、となりの？」

サリナが、ミッキーの顔を見る。

「え？　山梨県《やまなしけん》じゃなくて、となりの山名市なのか？」

ミッキーが、とぼけた顔できさかえした。

「そうだよ！　この家、古くなったから、近くの社宅《しゃたく》に引《ひ》っ越《こ》すんだって！　それでも学区が変わるから転校するって話だったのに、ちょっと遠いけど歩ける距離《きょり》だから、いまの学校に通おうって、お母さんがいいだしてさ。学校にも、無理やりたのんだって」

びっくりしすぎたあたしは、声もでなかった。

「アニキ、きいてなかったのかよ！」

「えっと……。ダンスコンテストのことで、頭がいっぱいだったから……」

ミッキーが、戸惑《とまど》ったように答える。

「だろうな！　アニキは、いっつもそうだ」

双子《ふたご》が、バカにするように声をそろえる。

……うそみたい。

「じゃあ、引《ひ》っ越《こ》し先って近いの？　ミッキーは、転校しないの？」

「……そう、みたいだな」

ミッキーが、他人事のようにあっさりといった。

「ほんっとに、何なのよ！」

サリナが怒《おこ》っている。

「ミッキーって、ダンスはうまいのに、そういうところはぬけてるんだから！」

「転校しなくてすんだんだから、いいじゃん」

「そういう問題じゃないでしょ！」

いいあうふたりをよそに、あたしの体から力がぬけた。

「また、おどれるんだ……。これからも、いっしょにおどれるんだ……」

あたしは、ボーッとしながらつぶやいた。

「もー、ひどいにゃ～」

「佐久間《さくま》先生も、ちゃんといってくれればいいのに！」

「でも佐久間先生は、転校するとはいってたけど、山梨県《やまなしけん》とはいってないにゃ」

「そっか……。もしかして佐久間先生は、ミッキーがいってたヤマナシを、山名市《やまなし》だと思ってたんだ。あのときは、転校するって思ってたから、やっぱりショックだったろうし……。きのうもバタバタしてたから、いい忘《わす》れたのかも」

文句《もんく》をいいあうネコとロボの顔が、わらっている。

うれしくて、うれしくて、たまらないって感じ。

「もう！　こうなったら、引《ひ》っ越《こ》しの後、またどんぐり公園に集合！」

サリナがいって、「はーい！」と、ロボとネコの手があがる。

「アニキ、いくぞ！」

弟たちと妹が、家のほうにもどる。

サリナたちは、「あ〜、バカらしい」っていいながら、公園にいってしまった。

残されたあたしとミッキーは、ちょっと気まずかった。

こんなことなら、あんなこと、いわなきゃよかった……。

「えっと……」

あたしとミッキーの言葉が重なった。ますます気まずい。

すると、ミッキーがすばやくいった。

「転校しないってわかったとき……、真っ先に思ったのは、また、イッポとおどれるってことだった。やっぱり、イッポがいないとつまらない」

え……、それって……。

あたしは、息をのんだ。

いつもとちがう、ミッキーの照れたような顔。でも、まっすぐにあたしを見つめて、やさしくほほえんでいる。

「また、歌ってくれよな」

さーっと、春の香《かお》りをふくんだ風がふいてくる。

新しい運命をはこんできてくれる。

「うんっ」

あたしは、力いっぱいうなずいた。

音楽とダンスのように……あたしとミッキーも、ずっといっしょにいられたらうれしい。

なかなかこないあたしたちにしびれを切らして、サリナ、ロボ、ネコがもどってきた。

歌とダンスがあれば、みんなとつながっていられる。

あたしは、歌って、おどりつづける。

ファーストステップは、永遠に。

これからも、ずっと！

あとがき

工藤純子

イッポが転校してきてから、様々なことがありました。強引なサリナにダンスチームにさそわれ、体育館でドキドキするようなミッキーのダンスを見て、ネコやロボと仲間になって……。ふりかえると、いろんな思い出があふれてきます。ファーストステップというチームで、五人はアイドルとダンスバトルをしたり、海で合宿をしたり、クラスのみんなと商店街のフェスティバルに参加したり……。そのたびに、つらく苦しい練習をくりかえし、泣いたりわらったりしながら、少しずつ仲間のキズナを強くしていきました。

イッポたちが経験《けいけん》したようなことは、みんなにも起こるかもしれません。それは、イッポが転校してきたことを「運命」と感じたように、ある日、とつぜん起こるものなのです。

みんなにも、そんなすてきな運命の出会いが待っていますように。そしてイッポたちのように、友情《ゆうじょう》や経験《けいけん》が、生きる力になりますように。

夢《ゆめ》も恋《こい》も友情も、すべては、「はじめの一歩」からはじまります。勇気をだして、はじめの一歩をふみだしてみましょう！

愛情いっぱいで、イッポたちをいきいきと描《えが》いてくださったカスカベアキラ先生、ダンスのわからないところを教えてくださったダンサーの西林素子《にしばやしもとこ》さんに、感謝《かんしゃ》申しあげます。

そして、「ダンシング☆ハイ」を通して出会えたみなさまに、心をこめて……どうもありがとうございました！

夢《ゆめ》・恋《こい》・友情《ゆうじょう》がおどりだす!

ダンシング★ハイ

工藤 純子　カスカベ アキラ◉絵

1 強引な天使とダンスの王子さま!?

ダンスチームに入るなら、
友だちになってあげる——
クラスメイトのサリナから
妙《みょう》な取引をもちかけられて
ダンスをはじめた
イッポだけど……?

2 アイドルと奇跡《きせき》のダンスバトル!

ダンスチームに
5人そろった!
ところが、ミッキーの
昔のライバルに
ダンスで勝負を
もちかけられて……!?

3 海へGO《ゴー》!
ドキドキ☆ダンス合宿

夏休み、イッポたちの前に
あらわれた美女は、
サリナのお姉ちゃん!?
いっしょにダンス合宿を
することになって……。

4 みんなのキズナ!
涙《なみだ》のダンスカーニバル

商店街のお祭りで、
クラスみんなで
流しおどりに
参加することになった
イッポたち。でも、
問題が山づみ!?

5 つながれ!
運命のラストダンス

チームでダンス大会に出場!
運命に集められた
5人の感動の
ラストダンスが
はじまる!

作◉工藤純子（くどう・じゅんこ）
東京都在住。てんびん座。AB型。
「GO！GO！　チアーズ」シリーズ、「ピンポンはねる」シリーズ、『モーグルビート！』、「恋する和パティシエール」シリーズ、「プティ・パティシエール」シリーズ（以上ポプラ社）など、作品多数。『セカイの空がみえるまち』（講談社）で第3回児童ペン賞少年小説賞受賞。
学生時代は、テニス部と吹奏楽部に所属。

絵◉カスカベアキラ（かすかべ・あきら）
北海道在住の漫画家、イラストレーター。おひつじ座。A型。
「鳥籠の王女と教育係」シリーズ（集英社）、「氷結鏡界のエデン」シリーズ（富士見書房）など、多数の作品のイラストを担当。児童書のイラスト担当作品としては、『放課後のBボーイ』（角川書店）などがある。
学生時代は美術部だったので、イッポたちと一からダンスを学んでいきたい。

図書館版　ダンシング★ハイ
つながれ！ 運命のラストダンス

2018年4月　第1刷

作　工藤純子
絵　カスカベアキラ
発行者　長谷川 均
編集　潮紗也子
発行所　株式会社ポプラ社
〒160-8565　東京都新宿区大京町22-1
振替　00140-3-149271
電話（編集）03-3357-2216
（営業）03-3357-2212
インターネットホームページ　www.poplar.co.jp
印刷・製本　図書印刷株式会社
ブックデザイン　楢原直子（ポプラ社）
ダンス監修　西林素子

ISBN978-4-591-15778-7 N.D.C.913/221p/20cm

本書は2018年1月にポプラ社より刊行された
ポケット文庫『ダンシング☆ハイ　つながれ！ 運命のラストダンス』を図書館版にしたものです。